La Fea Burguesía
— EDICIONES —

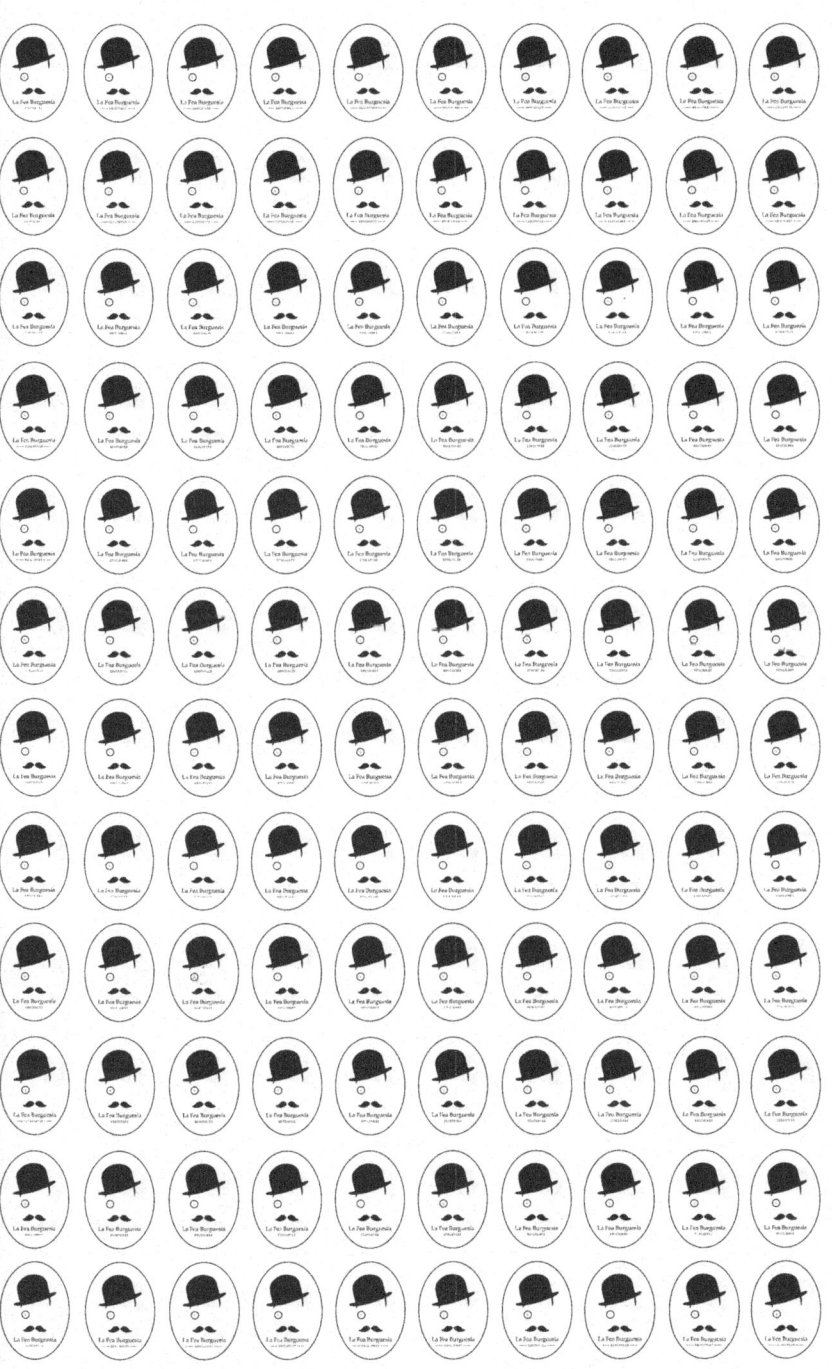

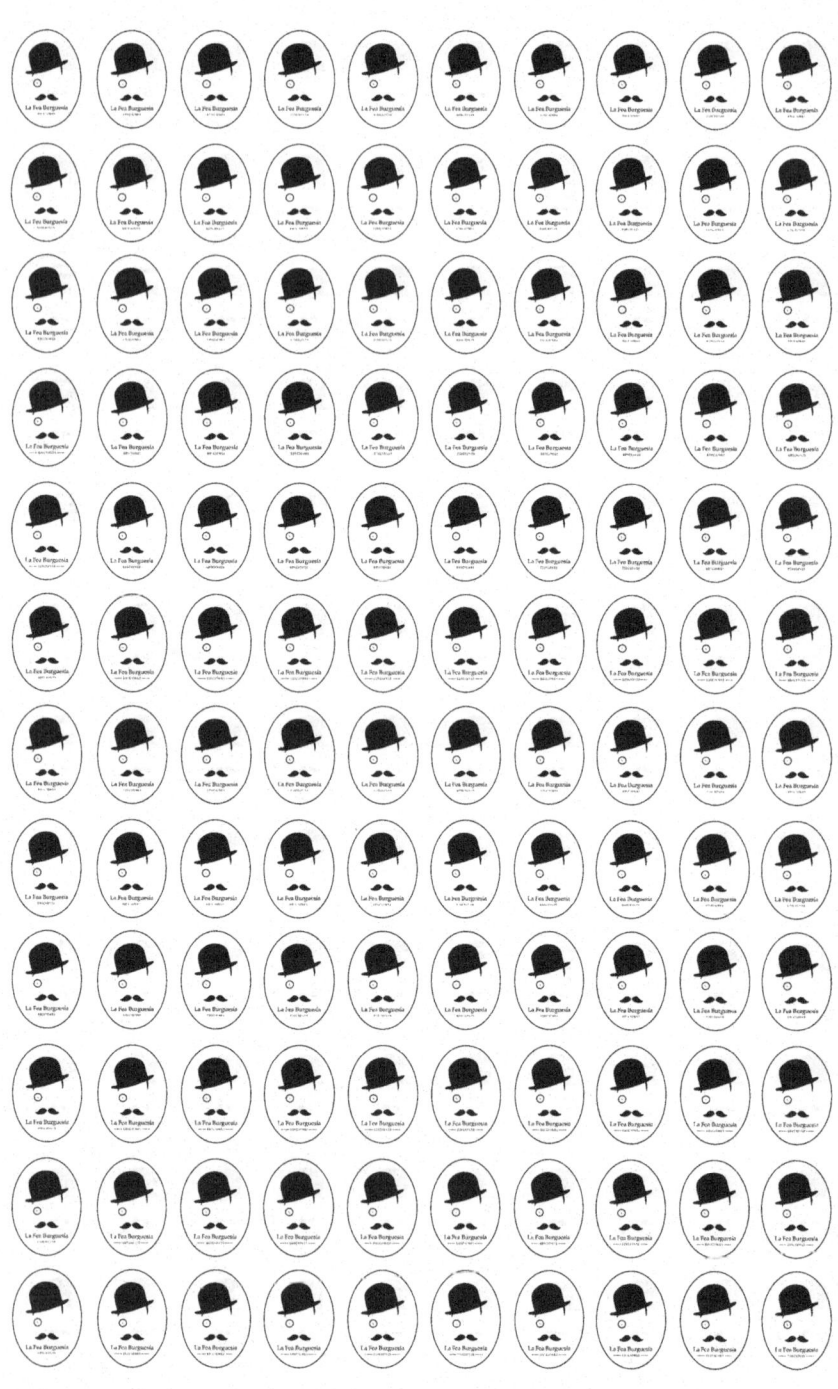

PACO LÓPEZ MENGUAL

EL ÚLTIMO BARCO A AMÉRICA

La Fea Burguesía
— EDICIONES —

MURCIA, 2025

La editorial es consciente de la necesidad
de los recursos naturales para consumir cultura
y de la colaboración en la conservación del medio ambiente.
Así pues, por la impresión de este libro,
ha plantado un olivo (*Olea europaea*) en el paraje
de El Horno en Cieza (Murcia)

«El último barco a América»
© Paco López Mengual, 2025
© Ediciones Planeta Madrid, 2011
© La Fea Burguesía Ediciones, 2025
Grupo Editorial Tres y Libros, SL
Murcia, España.
www.lafeaburguesia.es

Diseño cubierta y maquetación: Fernando Fernández Villa
y Gloria Lopez Corbalán

Primera edición: marzo de 2025

ISBN: 978 84 129414 2 5
Depósito legal: MU 178-2025

Printed in Spain - Impreso en España

EL ÚLTIMO BARCO A AMÉRICA

1

La noche de los disparos presentaba el típico cielo de un agosto moribundo, con sucesión de nubes amenazantes y claros estrellados. Todo empezó a ocurrir muy tarde; de hecho, cuando nos fuimos a dormir, nada hacía presagiar el ajetreo de gentes que nos mantendría en vela hasta el amanecer.

Mi hermano y yo reposábamos bajo el sombrajo que, esa misma mañana, habíamos preparado para resguardarnos de la intemperie, cuando nos despertó el comportamiento inquieto del ganado. Al rato, comenzamos a oír el ruido de los camiones que se acercaban al valle por el camino viejo.

Desde arriba, aislados por los riscos, no lográbamos ver nada. Solo se escuchaba un impreciso eco de voces, una confusa algarabía de gritos, revuelta con el runrún de los motores. Y de repente, como una impertinencia, sonó el primer disparo en la oscuridad.

—No te muevas, Marcial —me dijo Negrillo al oído, cuando, estremecido, salté sobre él, buscando la protección del hermano mayor—. Esos escopetazos no nos atañen. Nosotros solo entendemos de ovejas y de monte.

Fetén empezó a ladrar y el rebaño a amontonarse contra las rocas. Las detonaciones continuaron, de manera irregular, durante toda la noche. Unas veces se percibían tiros solitarios; otras, resonaban de dos en dos los disparos. Solo en una ocasión se escucharon ráfagas. Yo me tapaba con fuerza los oídos para no escuchar el eco de las descargas. Pero, a pesar del esfuerzo, después de cada tiro creía oír el crujir de tendones y músculos rotos por el impacto de la bala, el murmullo de la sangre al fluir por la herida, el golpe en la tierra del cuerpo abatido. Hasta mí, subía la columna de humo que traía el olor de la carne quemada.

Finalmente, todo quedó en silencio. A la vez que avanzaban las horas, el miedo fue remitiendo de nuestro cuerpo, hasta quedar dormidos. Nos volvió a despertar el trajín del convoy cuando se marchaba. Enseguida, amaneció.

Ya de día, nos asomamos al valle. Lo hicimos con cautela. Abajo, en el fondo del barranco de Castro, advertimos un espeluznante trozo de tierra desnuda, recién removida. Negrillo se quitó la gorra y se santiguó. Esa misma mañana, recogimos el ganado y, sin apenas hablar, abandonamos el paraje y nos adentramos en la montaña. Algo nos decía que debíamos poner varias jornadas por medio de aquel lugar. De hecho, no regresaríamos al refugio hasta pasadas dos semanas.

Lo que no logré olvidar durante los quince días de pastoreo fue la curiosa forma que adquirió la porción de terreno al ser revuelta: así, al mirar de golpe, me pareció que era idéntica al mapa de América del Sur.

2

Estábamos acostumbrados a vagar de un lado a otro y apenas nos supuso esfuerzo levantar el puesto y abandonar el chamizo hecho con ramajes en lo alto del barranco de Castro. Cuando comenzaron aquellos sucesos, llevábamos cinco años, desde la muerte de nuestros padres, errando con el ganado por las montañas, sin domicilio fijo y con lo poco que poseíamos guardado en el zurrón. Durmiendo aquí o allá, como unas bestias más. Hacía más de un año que media España estaba en guerra contra la otra media, pero hasta la noche de los disparos no había llegado hasta estos valles el eco de la barbarie.

Había cumplido los catorce años y, al igual que otros jóvenes que deambulaban con el rebaño por la montaña, soñaba con ir a América, la tierra de las oportunidades. Rodrigo Ojopirri, el pastor que nos acogió al quedar huérfanos, nos transmitió la pasión que sentía por el nuevo continente. Hacía tres veranos que nuestro tutor había emigrado, pero aún retumbaban en mi memoria las historias que nos contaba: proezas de gente de la comarca que había triunfado al otro lado del Atlántico; gente como nosotros, que embarcaba con lo puesto; paisanos como Primitivo Morales, que, unos años antes, había subido a un barco en El Ferrol y ahora vivía en un lujoso hotel de Buenos Aires, bebiendo champán y rodeado de hermosas mujeres de melena rubia.

—¡Qué ilusos sois! —decía el pesimista de mi hermano, arrojando un jarro de agua fría para disipar nuestro sueño—. Seguro que Primitivo malvivirá en una cochambrosa pensión, bebiendo gaseosa y machacándose a pajas.

Sentados al calor de la hoguera, Ojopirri contaba la hazaña de uno de Oteca, que se había hecho millonario matando indios en la Patagonia. Al parecer, los nativos estaban resultando un serio obstáculo para la civilización y el progreso de aquella inhóspita tierra. El presidente de Argentina, para atajar el problema, ofrecía un puñado de buenos pesos por cada oreja de indígena que se entregase en la oficina del gobernador. ¡Y cada indio tenía dos! El de Oteca se adentró en la región solo; armado con un fusil, abundante munición y un machete. Durante los meses que duró la incursión, exploró numerosas aldeas de tribus hasta entonces desconocidas, que le supusieron más gloria y dinero que si hubiese descubierto las minas de oro del Perú.

Entre tiento y tiento al vino, el pastor nos hablaba con pasión de la vida. El único ojo que le quedaba se le encendía cuando hablaba de la inmensa tierra que se extendía más allá del océano. A veces, a mitad de una narración dejaba transcurrir un largo silencio, que cada uno de nosotros rellenaba con sus sueños. Sin decir nada, perdía la mirada por el horizonte y en su rostro veíamos reflejado el deleite de estar contemplando la pampa argentina, los cafetales de la selva colombiana o los inmensos ranchos de Venezuela. Rodrigo Ojopirri sabía alimentar con fantasías el hambre de aventura que padecía aquel grupo de harapientos que cada noche buscábamos su calor.

Ahora ya no estaba con nosotros; quizá se habría asociado con su amigo el Suelas, del que tanto nos hablaba: un remendón que había hecho fortuna en Méjico. En América, las grandes ideas se transformaban pronto en montañas de plata.

Al zapatero se le ocurrió hacer hormas de medio en medio número. Vendía zapatos del treinta y siete y medio, del treinta y ocho, del cuarenta y medio, que fueron acogidos con entusiasmo por el público. En menos de cinco años, la cadena de tiendas *El punto y medio* se había extendido de norte a sur por el continente, haciendo más placentero el paseo de los sudamericanos y colmando de billetes los bolsillos del Suelas; los mismos que con tantos agujeros habían salido de España solo unos años antes.

¡Ojopirri...! ¡Cuánto me costó acostumbrarme a su ausencia! Y, aunque nunca lo dijera, a Negrillo también. Lo sé. Meses después de que embarcara, aún descubría a mi hermano acariciando con amor el cayado que nos legó al marchar.

Nuestro tutor nunca gozó de buena reputación entre los del pueblo. Cultivó una extraña fama de bebedor y pendenciero. Quizá por ello, le gustaba vivir a su aire por el monte y apenas pisaba las calles de Barreiro. El apodo por el que era conocido en toda la comarca no se le decía de balde: tenía el ojo izquierdo vacío por una pedrada que recibió siendo niño. A él le gustaba fantasear con aquel lejano incidente, contar que lo había perdido en la guerra de

África, luchando contra los moros. Aunque prometió mostrarla, nunca logramos ver la medalla que un general le colgó en el pecho por los servicios prestados a España. Otras veces, el aguardiente le hacía olvidar el incidente de Marruecos y achacaba la lesión a la herida producida por las garras de un águila de tamaño descomunal, contra la que luchó cuerpo a cuerpo defendiendo a su rebaño.

Sí, es cierto que Rodrigo Ojopirri había hecho el servicio militar en Tetuán. Nos contaba la apasionada relación que allí mantuvo con una actriz de cine francesa, Mademoiselle, así pronunciaba su nombre, enfatizando cada sílaba y en un perfecto francés. Durante meses, fue la envidia del cuartel cuando los demás soldados lo veían pasear por el zoco, amarrado a la cintura de la despampanante mujer. Luego, aquel maldito moro le salió a traición en una callejuela y todo se acabó. Dos meses después, cuando le retiraron el vendaje de los ojos, la francesita ya había desaparecido. Una pena que hubiese extraviado la única foto que de ella conservaba. Le costó decirnos que se iba. Durante semanas, mantuvo un comportamiento anómalo. Continuamente, rehuía nuestra presencia, como si intentase alejarnos de su manto protector. Una tarde, cuando habíamos recogido el ganado, nos llamó. No podía disimular el gesto de preocupación que, en las últimas jornadas, se había instalado en su rostro. Nos colocó a cada uno a un lado y se situó en el centro. Como otras veces, nos echó un paternal brazo por los hombros y nos atrajo con fuerza hacia sí. «Ojalá pudiera llevaros conmigo a América», comenzó diciendo.

En ese momento, tuve la certeza de que se iría al día siguiente. Resistí con entereza el llanto y las ganas de escapar, de correr para adentrarme en el bosque a pasar horas lanzando piedras al riachuelo y lamiendo mis propios sollozos sin que nadie me viese. Dejé que Ojopirri continuara argumentando la decisión. Había logrado reunir el suficiente dinero para pagar un billete de barco que lo alejara de aquellos míseros valles. Podía haberlo hecho antes, pero había aplazado la marcha a la espera de que creciésemos. Ahora Negrillo ya era un hombre y sabría cuidar de los dos. Esa fue la promesa que le hizo a mi padre la misma tarde que murió. «El único amigo de verdad que he tenido en la vida».

En una tienda del pueblo había comprado una maleta de cartón, ropa nueva y un sombrero. Debía estar presentable para que, cuando arribase el barco a puerto y lo vieran descender, América entera se rindiese a sus pies.

No permitió que lo acompañásemos hasta el coche de viajeros. Allí, en el valle, nos entregó el cayado y, con él, el rebaño con el que ganarnos la vida.

A Negrillo, le estrechó la mano y lo abrazó, dándole golpes en la espalda. «Ahora eres tú el caporal —le dijo—. Cuida de tu hermano y de las ovejas.» A mí, me revolvió el pelo y se agachó para situarse a mi altura. Ojopirri me ciñó con tanta fuerza que pude sentir el calor de su cuerpo y hasta el pálpito de su corazón. Entonces, por vez primera en los años que permanecimos juntos, además del abrazo, me besó en la mejilla. Un beso suave y húmedo, como los que me daba mamá cuando me veía sufrir. Un beso de los que curan los dolores del alma. Lo oí llorar, pero no pude ver sus lágrimas porque permaneció aferrado a mí hasta que pudo secarlas con el pañuelo. Siempre me había dicho que los hombres nunca lloran. Antes de que me soltara, le juré que un día yo también subiría a un barco con rumbo a América. Lo buscaría de norte a sur hasta encontrarlo y, así, poder seguir escuchando sus historias.

Nuestro mentor cogió la maleta, se puso el sombrero y tomó la senda que conducía a la gloria. Quedé con la mano levantada diciendo adiós. Su imagen solitaria, avanzando por el cordel de tierra, me recordó la última escena de una película de cine.

Mi hermano no pudo resistir la despedida; se largó andando a paso ligero y sin dirección por el valle, en busca de una bocanada de aire fresco que templara su desaliento. Entonces yo tenía once años; recuerdo que me subí a un árbol. Acurrucado en una rama, veía resbalar las gotas de dolor por mis rodillas y, luego, caer y reventar contra el suelo.

Por segunda vez, había perdido a un padre. El primero, que se llamaba Marcial como yo, se fue camino del cielo; y, ahora, era Ojopirri el que se marchaba poniendo rumbo al paraíso terrenal. Aunque resultó difícil, lentamente, me fui habituando al vacío que el pastor ocasionó en mi vida al emigrar. A veces, dejaba las ovejas paciendo en el valle, bajo la custodia de *Fetén*, y me encaramaba a la cumbre de alguna montaña. Ya en lo alto, me situaba mirando al oeste y, de puntillas, estiraba el cuello para intentar ver América, pero ni siquiera lograba percibir el azul del mar. Ante mis ojos solo se desplegaba un infinito océano de color verde, un monótono futuro de montes y de prados. Me aburría aquel paisaje. Ahora, desde que

escuchamos los disparos y abandonamos precipita-
damente el sombrajo, estaba deseando regresar al
barranco de Castro, subir al cerro, sentarme bajo el
amparo de un árbol y, desde allí, contemplar la parcela de tierra con forma de mapa.

Mi hermano también ansiaba volver a la guarida.
Cerca de allí, en Barreiro, había una muchacha de
piel lechosa, hija de un modesto panadero. Carmita,
la llamaban. Los domingos, Negrillo se lavaba los
brazos y la cara para suavizar el olor a borrega y
pasaba la tarde merodeando por el portal de la casa.
Ella se limitaba a asomar su mellada sonrisa de forma fugaz por la ventana y, solo de vez en cuando,
lanzaba un dulce sobao al pretendiente. Él volvía
al anochecer tocado por la felicidad, con paso jovial
y las manos en los bolsillos. Pasaba el resto de los
días aturdido, vagando de aquí para allá, con cara
de idiota. Aún no se había atrevido a decir una sola
palabra a la joven; pero, durante los largos silencios
de la semana, lo observaba ensimismado, sentado en
un peñón y rodeado de ovejas, con el pensamiento
colmado de planes de matrimonio. Sin duda, Carmita era su América.

Andando por el monte, entre silbidos al perro y
monosílabos ininteligibles al rebaño, mi hermano
dejó caer una buena idea: propuso que nos estable-
ciésemos en el refugio hasta la llegada de la prima-
vera. En las praderas del valle había suficiente pasto para salvar el invierno. Reforzaríamos el tosco cobertizo con ramas secas y arbustos, y adaptaríamos
el terreno para cobijar a los animales. Yo sabía que
lo sugería por conveniencia, para estar cerca de la
muchacha, pero callé; como también había callado,

durante los quince días que duró el pastoreo, las preguntas que se agolpaban en mi boca sobre los disparos que nos hicieron estremecer aquella madrugada.

Era mucho el tiempo que llevábamos vagando con las ovejas por las praderas, sin importarnos que fuese verano o invierno. Sin casa, sin un simple armario donde ir almacenando recuerdos. Negrillo llevaba razón: la cabaña de Castro sería para nosotros lo más semejante a un hogar.

La tarde que regresamos al chamizo, después de recoger el ganado y antes de preparar algo de cena, me apresuré a asomarme al barranco. Estaba ansioso por volver a divisarlo. Sí, el terruño con la forma del contorno de América seguía allí. Ya no se veía la tierra desnuda, removida con las palas. Durante los quince días de mi ausencia, habían brotado en su superficie miles de florecillas de color lila, que contrastaban con el resto del paisaje. Aunque hace sesenta años de ello, aún recuerdo la impresión que me produjo la imagen de aquel continente de color malva en medio de un manso océano verde.

3

Dormí intranquilo la primera noche. Al menos en tres ocasiones, desperté sobresaltado por voces, tiros y ruidos imprecisos, que resultaron ser producto de una espantosa pesadilla. Sin duda, los disparos que oí semanas atrás habían dejado huella en mi subconsciente. Desvelado, opté por levantarme y salir fuera a fumar a escondidas uno de los cigarros de mi hermano, que descansaba envuelto en su manta, ajeno a los desvaríos de mi sueño. La noche estaba tranquila. Me senté bajo el árbol que presidía el paraje, un cedro escarlata, y estuve mirando al valle: durante un momento, creo que me quedé traspuesto. Me gustaba aquel lugar. Cuando andábamos con Ojopirri, siempre que nuestro rebaño pastaba por esa parte del valle, solíamos buscar refugio allí. Un sitio perfecto donde resguardarnos del viento y encender una hoguera. Cuántas historias había escuchado al amparo de ese cedro. Desde el día que levantamos el sombrajo, llamó mi atención aquel maravilloso ejemplar de árbol, tan diferente al resto de su especie. La tonalidad rojiza de sus ramas lo hacía destacar en el paisaje. Por la rareza de su color y pese a ser de hoja perenne, daba la impresión de vivir en un otoño permanente, ajeno al resto de estaciones.

En cambio, estoy convencido de que las voces que escuché la segunda noche no fueron fruto de una alucinación. De nuevo, desperté y oí con nitidez conversaciones y pasos en la parte baja del barranco. Carreras y ecos que provenían del mismo lugar donde, semanas atrás, habíamos oído los disparos. Pellizqué mis brazos para cerciorarme de que no estaba dormido y sentí el dolor. Quedé inmóvil debajo de la manta y agudicé el oído. En esta ocasión, tenía la certeza de que eran lamentos humanos lo que escuchaba. Con sigilo, zarandeé suavemente el cuerpo de mi hermano para que despertara. Su sueño era profundo; dio media vuelta y volvió a arroparse.

—¡Negrillo! ¡Negrillo, despierta! —le dije, con voz queda y asustada, al oído.

Como no despertaba, decidí interrumpir a sacudidas su sueño y lo convencí para asomarnos al desfiladero.

—¿Oyes? ¿Oyes? —le preguntaba, pidiendo que prestara atención al limpio murmullo de quejas y clamores—. ¡Han vuelto! ¡Han vuelto!

Sentí miedo y me aferré a su cuerpo en busca de amparo. Finalmente, desvelado por mi insistencia, aceptó abandonar el lecho y salir al exterior para despejar las dudas.

—¿Es que no escuchas nada? —inquirí ante su impasible actitud. En mitad de la noche, aturdido, mi hermano se dirigió a los riscos. Yo lo seguía pegado a su espalda. Por el gesto de perplejidad que su rostro adquirió, deduje que no percibía ningún sonido extraño.

Al asomarnos al valle, todo estaba en calma. Después de afinar el oído durante un rato, mi hermano me miró como si yo estuviese loco y, sin hacer comentario alguno, volvió con paso cansado a la cabaña. Se metió entre las mantas y, minuto y medio después, ya estaba dormido.

Me quedé un rato más subido en los riscos. Paseé con atención la mirada por cada rincón del paraje, intentando descubrir algo en movimiento. No vi nada, pero estaba seguro de que los ruidos de esa noche no habían sido fruto de mi imaginación.

4

Al domingo siguiente, cuando mi hermano regresó de Barreiro, de pasar la tarde rondando a la mellada, comentó algo que aclaró bastante las cosas. Había oído decir en la plaza que, semanas atrás, se habían llevado presos a once hombres del pueblo en camiones. Formaban parte del nutrido grupo que permanecía recluido en los calabozos del juzgado desde los primeros días de la Guerra, hacía ya catorce meses. Aunque el alcalde aseguraba que habían sido trasladados a la prisión de Burgos a la espera de ser juzgados, nadie había vuelto a saber de ellos. En los corros de hombres que conversaban por el centro del pueblo, se oía el funesto rumor de que el furgón había abandonado la carretera que los conducía al tribunal y se había desviado con total impunidad hacia el camino viejo que lleva al Barranco.

Al escuchar la noticia de boca de Negrillo, volvieron a resonar en mi memoria los disparos de aquella madrugada. Él no dijo una palabra. Solo me dirigió una larga mirada de complicidad y guardó silencio. «Nosotros solo entendemos de ovejas y de monte.»

Ya acostados, recordé los sonidos de la segunda noche y la tensa calma que reinaba en la hondonada. No lograba conciliar el sueño y vi los ojos de mi hermano también abiertos, brillando en la oscuridad. Aunque tuve que admitir que no habíamos visto nada desde arriba, me preocupaban las voces y el ajetreo que había oído en el valle.

Negrillo estaba cansado; le costaba resistirse al desplome de sus párpados. A punto de coger el sueño, por momentos, lo veía con los ojos abiertos; por momentos, entornados. Me acerqué a su oído y, con voz susurrante, le dije:

—¿Te puedo hacer una pregunta?

Aguardé durante unos segundos, pero no me respondió.

—¿Crees que los muertos pueden dar voces desde debajo de la tierra? —le planteé con voz tímida.

Tampoco obtuve respuesta. Lo creí dormido. Tras una larga y tensa espera aguardando a que dijera algo, mi hermano aflojó el gesto. De pronto, sin ni siquiera abrir los ojos, soltó una serie interminable de carcajadas. Mi pregunta debió de hacerle mucha gracia, porque comenzó a reír de manera incontrolada; retorciéndose en el lecho e, incluso, sujetando su barriga con las manos para evitar el dolor. Las carcajadas de Negrillo eran de tal calibre que, finalmente, terminaron por contagiarme también a mí la risa. «Muertos que hablan. ¡Dios mío, qué ocurrencia!»

Aunque yo no le encontraba la gracia al comentario, continuamos riendo durante un rato. Entonces, cuando nos calmamos, le oí achacar por primera vez mis desvaríos nocturnos al influjo de aquel cedro escarlata que crecía cerca del cobertizo donde permanecíamos refugiados. Desde allí, se divisaba una parte de su ramaje. Irradiaba destellos de color caldera.

—No fue buena idea acampar junto al árbol —dictaminó—. Deberíamos arrancarlo o trasladar el chamizo a otro lugar. Hemos tenido mala suerte de levantar la cabaña junto al único ejemplar que queda por estos montes.

Aunque era muy niño cuando el pastor nos narraba las leyendas que corrían sobre los cedros escarlatas, las recordaba perfectamente. Según aseguraba, los primeros especímenes de esta rara variedad de conífera los trajeron los gitanos a la Península. «Si te quedas dormido junto a su tronco, durante el sueño, las raíces se adentran en tus sesos, dejándote la cabeza hueca de razón y atestada de fantasías». Contaba, envolviendo en un halo de misterio la narración, que su fruto, unas piñas redondas y ennegrecidas, era introducido por los zíngaros en la vagina de sus mujeres durante las noches de luna llena para hacerlas más fértiles. «Si no, ¿a qué achacáis que haya tantos gitanos en España?», aseguraba muy serio. También comentó nuestro tutor que, con ramas hervidas de cedro, se elaboraba un brebaje que los gitanos daban a sus micos y cabras para dotarlos de oído musical y, así, proporcionar mayor brillantez a sus espectáculos callejeros. Por esos días, tuve la ocasión de escuchar en la plaza de Barreiro a un rumiante corear con acompasados balidos a un trompetista y, luego, bailar a dos patas sobre el último peldaño de un perigallo. Algunos de sus pasos eran propios de un profesional de la danza. Sin duda, el animal había adquirido aptitudes para la música, reservadas exclusivamente para el género humano.

A veces, Ojopirri se quedaba contemplando en silencio el cedro. Sin cesar de mirarlo, nos advertía:

«Lo peor son sus raíces invisibles. Arraigan para siempre en el cerebro de los humanos, provocando comportamientos extraños y visiones atroces». El veterano pastor conocía la leyenda de un rey cántabro que llegó a ordenar la tala de todos los cedros de su reino, escarlatas y verdes para mayor seguridad, porque los súbditos se estaban volviendo locos. A cientos de montañeses hubo que sacrificarlos a degüello porque creían haberse transformado en caballos y pasaban el día trotando, relinchando y dando violentas coces a sus vecinos.

La noche de mis desvelos, mi hermano miraba de reojo desde el lecho al árbol escarlata. Conocía tanto como yo las historias que sobre él contaba Ojopirri. No le profesaba simpatía alguna.

—Me vas a prometer que no volverás a descansar nunca más bajo ese árbol —me propuso a modo de pacto—. Enseguida comprobarás cómo cesan las pesadillas nocturnas que vienes sufriendo. Además, estoy seguro de que, muy pronto, también terminará por desaparecer esa manía tuya de ir a América.

A pesar de que la sombra del cedro escarlata era fresca como el agua de un arroyo, de que su tronco era amplio y cómodo para apoyar la espalda y contemplar desde allí mi codiciado mapa, no volví a sentarme junto a él en varios meses. No porque me asustaran las historias de magia, sino porque se adentró el invierno y hacía frío para permanecer sentado a la intemperie. Por supuesto, seguía soñando con puertos y con barcos, y mirando, embelesado, mi florido continente. Mi hermano no entendía que América era el norte de mi vida, el punto hacia el que volaba cada uno de mis pensamientos. Cada noche, antes de dormir, volvía a contar con ilusión el insuficiente puñado de monedas y los dos billetes que tenía ahorrados para pagar el viaje hacia la felicidad.

5

De tarde en tarde, Carmita aparecía por el chamizo. Venía a escondidas, sin el consentimiento de su familia. Ella no lo quería confesar, pero seguramente sus padres se resistían a aceptar a un pretendiente tan pobre como Negrillo. No es que se tratase de una familia rica, pero disponía de negocio, un establecimiento abierto al público, y en su mesa no faltaba un plato de comida caliente ni una ristra de embutido para acompañar el pan. Carmita nos traía unos cuantos sobaos de los que amasaban en su panadería y se sentaba un par de horas con nosotros. No era guapa, pero poseía cierto encanto que la hacía atractiva. La falta de uno de los dientes de abajo le afeaba bastante el rostro; aunque lo compensaba con su pícara mirada. Cuando Negrillo estaba ausente, le gustaba acariciarme el pelo o tomar mis manos entre las suyas mientras hablaba como una cotorra de mil y una cosas.

A mi hermano, para darse cierto aire de importancia delante de ella, le encantaba asustarme cuando nos visitaba.

—Te voy a revelar un secreto, Marcial —me advertía señalando el mapa, mientras guiñaba un ojo a su novia—: ¡Nunca intentes atravesar ese trozo removido de campo! Y, menos aún, de noche.

Negrillo aprovechaba la fascinación que yo sentía por aquel rincón del valle para perturbar mi ánimo. La pareja se regocijaba al ver cómo me quedaba pensativo, intentando dilucidar el misterio; y se atizaban codazos de complicidad cuando me veían asomar con cautela la mirada por los riscos.

Me chocaba que, siendo tan práctico, mi hermano intentase azuzar mi fantasía.

Un domingo en que me descubrió con la mirada cautiva en el retazo de tierra, dijo que los difuntos que allí yacían no descansaban en paz; que aquellos muertos vivían inquietos bajo la tierra, removiéndose en el subsuelo para clamar justicia, para pedir un entierro digno. «Alguna noche, un incauto entrará en la parcela. Quebrará con sus pasos los débiles tallos de las florecillas que exteriorizan el dolor de los sepultados. Comenzará a percibir que la tierra que pisa se vuelve extraña, pero no será consciente de su terrible destino hasta que vea los brazos y las manos surgir entre los tormos, sentir que agarran sus piernas y que tiran de él hasta hundirlo en el fango. Luego, al abrir los ojos, solo verá barro y, al intentar gritar, la boca se le colmará de barro; y, al dar el último suspiro, sus fosas nasales se atascarán con barro».

Quedé impresionado por la advertencia. Jamás pisé el plantel que florecía dentro del contorno del mapa. Lo contemplaba desde arriba, guardando una prudencial distancia. Solo con el paso del tiempo, siempre con la luz del día y acompañado por *Fetén*, me atrevería a descender a la hondonada y a merodear por el perímetro, rodeándolo con extrema cautela. El perro tampoco entraba a la siniestra superficie; al igual que yo, parecía temer la apocalíptica advertencia de Negrillo.

Una de las tardes en que, tras recoger al ganado, deambulaba por las inmediaciones del simulado mapa de América del Sur, vi brillar algo entre las piedras. Antes de agacharme para recogerlo, lo tanteé con prudencia con una vara. Se trataba de un anillo de boda apenas desgastado. En el interior se leía un nombre de mujer, Elisa, y una fecha. Pronto adiviné que se refería a Elisa Febrero. El hombre con el que se casó, el presidente del Ateneo Republicano de Barreiro, era uno de los once cuerpos que, según decían, criaba malvas en mi América. Era un anillo fabuloso, de oro-oro; aunque debía de ser caro, consideré que su valor resultaría aún insuficiente para financiar mi viaje al otro lado del Atlántico. En un principio, pensé en guardarlo junto a mis escasos ahorros; quizá algún día, podría venderlo en la casa de empeños. Pero al momento regresó a mí el recuerdo de los siniestros disparos de aquella noche. Miré la fosa donde estaban enterrados los cadáveres e imaginé al marido de Elisa en los últimos instantes de su vida, cuando obtuvo la certeza de que lo iban a asesinar. Lo supuse sacando con disimulo su anillo de bodas del dedo y apretándolo con fuerza en el interior de la mano. Seguro que el último pensamiento fue para su esposa; la forma de enviarle el abrazo definitivo, de dirigirle el último de los besos.

Después, sonaría el disparo que lo empujaría al abismo, y solo la muerte lograría aflojar el amor que por ella sentía y hacer que rodara el anillo por el suelo hasta quedar oculto entre las piedras del barranco para que yo lo encontrara.

Durante los años que convivimos junto a él, Rodrigo Ojopirri, el hombre que acicalaba nuestra gris existencia con pinceladas de fantasía, nos había hablado de la mujer cuyo nombre aparecía grabado en el anillo. «Un ángel rubio que camina con paso frágil y medias de costura por las calles empedradas de Barreiro». La describía como un ser sensible que conducía un elegante automóvil de color granate y que, a veces, cubría la cabeza con un aristocrático sombrero sin alas. Yo nunca la había visto, pero la imaginaba con la mirada triste, la tez clara y un eterno cigarrillo emboquillado entre los labios. Por la descripción que de ella el pastor nos ofrecía, la asimilaba a la delicada mujer de cabello ondulado que había pintada en el cartel que anunciaba el jabón Heno de Pravia.

Como si se tratara de un ser celeste, siempre la soñaba envuelta en la nebulosa de humo que emanaba de su propia boca.

Aunque jamás lo expuso con claridad, yo sabía que Ojopirri andaba enamorado de Elisa Febrero. «Una señora de la cabeza a los pies». Siempre hablaba de ella con respeto y jamás le dirigió un comentario obsceno.

—¿Por qué no la abordas un día por el pueblo y le dices que la quieres? —le pregunté.

—Marcial —contestó, tras sonreír levemente—, aún no entiendes nada. Elisa es mucha hembra para un hombre de monte como yo. Además —agregó—, tiene marido.

Quizá, atormentado por el comentario que acababa de hacer, consciente de su frustración, se levantó de la piedra donde descansaba, llamó al perro y, dándome la espalda, comenzó a andar. Nos separaban ya más de una docena de metros cuando le grité:

—¡Me dijiste que nunca hay que renunciar a los sueños!

Continuó caminando por el prado. Ni siquiera hizo amago de detenerse para contestar.

Las continuas y sutiles evocaciones que nuestro mentor hacía sobre Elisa resultaban suficientes para despertar mi curiosidad. Cuando algunas tardes de domingo bajaba al pueblo, solía pasar por delante de la droguería y detenerme a ver fumar a la señorita que aparecía en el rótulo publicitario de la fachada. También a mí, me empezaba a fascinar la mujer del dibujo. Recuerdo que me quedaba plantado en mitad de la calzada, como un jopo, y solo un bocinazo de coche me hacía regresar al mundo.

Volví a leer el nombre en el anillo, deletreándolo despacio. Elisa. Su esposo estaba muerto. Miré la fosa y decidí devolverlo. Lo froté en mi jersey de lana para quitarle el polvo; lo coloqué sobre la palma de mi mano y apreté con fuerza. Algo parecido a un terremoto sacudió mi interior.

6

Al día siguiente de encontrar la alianza, tomé dirección a Barreiro. *Fetén* me acompañaba. A veces, aquel perro lograba desesperarme. Lo mismo me hacía correr tras él, cuando se adelantaba cientos de metros persiguiendo lo que creía una liebre, que, al rato, debía sentarme aburrido sobre una mota de tierra en espera de que apareciese. Durante el trayecto, no cesé de emitir silbidos reclamando su presencia. «¡Más valdría que te hubieses quedado con Negrillo por el valle!», le recriminé.

La mañana amaneció triste. El aire no olía a lluvia, pero al sol le costaba encontrar un hueco entre las nubes por donde asomar. Enseguida llegamos al pueblo y, al momento, estábamos situados frente al domicilio del matrimonio. En una placa adherida a la fachada, aún se podía leer el rótulo con el nombre del esposo sobre la palabra abogado.

Por el camino, había ensayado unas frases para no parecer titubeante cuando Elisa abriera la puerta. «Buenos días, señora. Ayer encontré este anillo en el barranco de Castro. Creo que pertenecía a su marido. He pensado que quizá le gustaría conservarlo».

En ese momento no contemplé la hipótesis de que la viuda aún creyera a Alberto vivo, preso en la cárcel de Burgos a la espera de juicio; que fuese tan ilusa como para desconocer que el cadáver de su esposo estaba enterrado desde hacía algún tiempo en la hondonada del barranco. Suponía que los comentarios que había escuchado mi hermano en Barreiro también habrían llegado a oídos de los familiares de los difuntos. No reparé en la posibilidad de que podría ser yo quien le anunciara la funesta noticia del asesinato de su marido.

Me decidí a llamar. Propiné un tímido golpe sobre la puerta y esperé muy formal a que apareciese ella. Portaba la alianza de bodas en la mano.

Nadie abrió. Volví a golpear la madera; ahora dos veces y con mayor contundencia. Esperé.

Tras insistir con un tercer intento, me convencí de que no había nadie en el interior de la casa. Opté por aguardar la llegada de la viuda sentado en el amplio portal de la vivienda. Guardé la alianza en el bolsillo del pantalón. *Fetén* se echó a mi lado.

Los minutos pasaban. Continuamente dirigía la mirada a un lado y otro de la calle en espera de su aparición. Intranquilo, volví a contemplar el anillo. Lo introduje en el dedo corazón, estiré el brazo y lo ojeé a distancia. Nunca había poseído uno. El de Alberto, aún me quedaba holgado. Una vez más, leí el nombre de Elisa en su interior y regresó a mi memoria la historia de su triste infancia. Ojopirri solía contarla para darnos ánimo cuando lamentábamos nuestra condición de huérfanos. Una desolada infancia la de esa mujer. Una niñez tan amarga como la mía.

Elisa no conoció a sus padres. Jamás vio siquiera el retrato de uno de ellos. Creció en un hospicio de

La Coruña al cuidado de una monja coja. Sor Matilde tenía una sola pierna y se apoyaba en una aparatosa muleta de madera que descansaba bajo su axila. La pequeña caminaba siempre a su lado como un perrillo faldero. La religiosa era célebre por su capacidad de inventar un fastuoso pasado a cada niña que dejaban en el torno de la casa-cuna.

Fue ella la que le contó que era hija de una famosa cantante de zarzuela. Lilian Zamora era su nombre artístico. A los pocos días de dar a luz, fue contratada para realizar una larga gira por América y no tuvo otra alternativa que dejarla bajo su custodia hasta el momento de su regreso a España. Pero algo terrible, que nunca logró saber, debió de ocurrir durante aquel viaje, porque jamás llegó una postal, una muñeca o una simple explicación desde el otro lado del Atlántico.

Durante años, cada vez que un lujoso automóvil o una elegante señora aparecían en el patio del hospicio, el corazón de la pequeña Elisa se aceleraba, pensando que era mamá que regresaba de su larga gira para llevarla con ella para siempre. Pero enseguida se desvanecían sus esperanzas. La monja, que observaba su decepción apoyada en la muleta, de nuevo la envolvía en ilusiones.

A pesar de todo, tuvo suerte. Cuando tenía nueve años, un matrimonio mayor acudió a presenciar la representación navideña del orfanato. Ella, que hacía de pastora, era la viva estampa de un ángel. La esposa quedó prendada de la niña. El mismo día de la función, sor Matilde, entre lloros, hizo su maleta. Subida a un coche negro, se trasladó a un acomodado piso de Santiago de Compostela. Apenas tuvo tiempo de despedirse de las otras niñas. Para aquel matrimonio de ancianos un rayo de luz había llegado a sus vidas; hacía tiempo que soñaban con ver corretear por allí a una chiquilla que llenase de alegría la lúgubre residencia. Durante unos pocos años gozó de alcoba propia, con armario; y de un profesor de álgebra y otro de piano. Y de una modista que le cosía trajes y sombreros, y hasta de una casa de muñecas.

Pero de nuevo llegó el otoño a su vida. Antes de que ella cumpliera los quince años, el matrimonio falleció. Unos sobrinos se hicieron con la herencia y Elisa solo logró una recomendación para trabajar de modista en un taller de costura. Fue allí, entre hilvanes y pespuntes, cuando echó la vista atrás a su vida. Descubrió que la monja de la muleta había logrado hacer de su infancia un lugar mucho más soportable. Obtuvo la certeza de que su madre no había sido una diva de la zarzuela, como sor Matilde le había hecho creer; quizá no había sido más que una de aquellas chicas que merodeaban por el puerto...

De pronto, la vi venir. Hasta *Fetén* levantó las orejas y se puso en guardia. Aunque nunca la había visto, supe que Elisa era la mujer que apareció por la esquina de la calle. No se parecía en nada a la señorita que ilustraba el anuncio de Heno de Pravia, pero estaba convencido de que era ella. Una pincelada de vida dentro del monótono escenario que se abría ante mis ojos. De las decenas de personas que deambulaban por la calle en aquellos momentos, mi mirada se quedó prendida a su figura. Me puse en pie y abandoné el portal para dejar libre el paso. Nunca había visto una mujer así. «Una señora, de la cabeza a los pies». No usaba sombrero, pero no me importó. Me encandiló el movimiento de su melena de color rubio miel. Faltaban bastantes metros para llegar hasta donde yo estaba, cuando se detuvo de improviso. Abrió el bolso y sacó un cigarrillo emboquillado. Un hombre que caminaba en dirección contraria se detuvo y le ofreció de forma galante la lumbre de su mechero. «Gracias», adiviné que dijo, a la vez que exhalaba una bocanada de humo blanco y emitía una tenue pero intensa sonrisa de agradecimiento capaz de turbar a un león.

El día tan gris que había amanecido remarcaba la melancólica belleza de su rostro. La tragedia vivida en los últimos meses se leía en la languidez de la mirada. A la vez que avanzaba hacia mí, mi cuerpo entraba en estado de letargo, incapaz de reaccionar. No mentían quienes la calificaban como una de las mujeres más elegantes de la comarca. Su talle ajustado resultaba un polo de atracción de miradas. No vestía de luto.

Se detuvo frente a su puerta, a un metro escaso de donde me encontraba. El anillo me ardía en la mano y, como si hubiese recibido un disparo, a punto estuve de aflojar y dejarlo caer. Elisa no se percató de mi presencia. Ni siquiera me miró. No sé lo que ocurrió en mi interior durante esos largos segundos, porque cuando reaccioné, ya se hallaba dentro de la casa.

El portazo me ayudó a salir del estado de aturdimiento en el que me encontraba. Respiré profundamente para retornar a mi situación anterior. Lamenté con rabia mi indecisión. Me disponía a llamar de nuevo a la puerta, con la certeza de que, ahora sí, aparecería Elisa al otro lado. De una vez por todas, estaba decidido a entregar a su dueña la reliquia de aquel amor que la barbarie en la que vivía inmersa España le había arrebatado para siempre. Pero, de pronto, *Fetén* dio un respingo y se levantó del suelo donde permanecía echado. De manera inusual, abandonó su posición junto a mí y comenzó a caminar, alejándose.

—¡!*Fetén*¡! ¡!*Fetén*¡!—reclamé su vuelta varias veces, pero no me obedeció. Volvió la mirada y continuó camino del barranco.

De pie frente a la puerta de Elisa, sentí el calor de la alianza en mi piel. Entonces, de manera espontánea, tomé la decisión más importante de mi vida: metí la mano en el bolsillo, apreté con fuerza el tesoro y seguí al perro.

7

Los días que sucedieron al de mi primer encuentro con Elisa despuntaron limpios y soleados, perfectos para salir con las ovejas al monte. A menudo, me sorprendía a mí mismo con el anillo en la mano. Sentado sobre una piedra, vigilando al rebaño pastar, pasaba horas girando la alianza, dando vueltas y vueltas al objeto que una de las muchas carambolas de la vida había depositado a mis pies. Guardaba la sospecha de que el anillo de bodas que continuamente contemplaba era un auténtico tesoro, y no necesariamente porque estuviese moldeado en el preciado metal.

La imagen de Elisa que hasta ese momento yo había forjado en mi mente, una fusión de historias, deseos y dibujos, se veía agigantada por la visión real que había podido admirar a un metro escaso de mí. Elisa Febrero se había convertido en una constante en mi pensamiento. En ese instante, comencé a interpretar el hallazgo como un testamento: por un capricho del destino, el muerto me legaba a su esposa. Sabía que, en algunas civilizaciones, era usual encomendar la hembra a otro hombre al morir. Así que, no solo había encontrado una sortija de oro: lo que tenía entre las manos era la escritura notarial de la posesión de una mujer. De la más hermosa de las mujeres.

Lentamente, mi fascinación por Elisa crecía y crecía dando vueltas en mi interior, como uno de esos ansiados algodones de azúcar que vendían en la feria de agosto de Barreiro. Solo con decir su nombre en voz alta, mi inocente corazón alteraba el ritmo y comenzaba a latir como la locomotora de un tren. La viuda de Alberto era una nube de amor que, estaba convencido, alguna vez descargaría toda su lluvia sobre mí. Ahora, yo era el dueño de la alianza que simbolizaba su posesión, del aro que lucía en el dedo corazón el hombre que la disfrutaba. Al igual que, un día, Ojopirri nos cedió su cayado, como alegoría de su rebaño, ahora junto a la fosa, yo había recibido una mujer figurada en un anillo de matrimonio.

Echaba de menos la presencia de nuestro mentor. De no haber embarcado hacia América, seguro que me ofrecería sabios consejos sobre cómo debía actuar, sobre cómo presentarme en Barreiro a reclamar lo que era mío. Me hubiese gustado saber cómo logró convencer a Mademoiselle, la mujer más bella de Tetuán, para que paseara de su brazo por el zoco. No lograba disipar de mi mente la escena de aquel señor ofreciendo fuego a Elisa en mitad de la calzada. No quería olvidar su sonrisa, ni la aureola de humo blanco que la envolvió. En ese instante, ansiaba hacerme mayor; poder acercar un día el calor de mi mechero a su cigarro; tener siete u ocho años más, para ofrecerle el aplomo de mi brazo. A mí no me hubiese frenado el saber que estaba casada con otro hombre.

Mientras tanto, no se me ocurría mejor idea que seguir lanzando piedras al aire; sin intención; sin

propósito de atinar en un blanco; solo por mantenerme a la espera de que algún acontecimiento variara
el curso de mis días.

8

La guerra seguía su cauce, como un río que iba viendo crecer su caudal con la sangre de los españoles. Cuando nos cruzábamos por el monte, los pastores nos contaban que el país andaba revuelto, que ya no había República en gran parte de la nación y que un joven general llamado Franco disparaba los cañones de sus tanques blindados cerca de Madrid. También aseguraban que, mientras durase la Guerra, resultaba casi imposible conseguir un pasaje de barco para viajar a América. Siempre evitaba cruzarme con la Guardia Civil caminera que, decían, rastreaba el monte en busca de fugitivos. Se hablaba de que iban al encuentro de los primos Lajara, que deambulaban armados por allá arriba desde hacía casi dos años, después de haber huido de Barreiro. Les achacaban la muerte de un vaquero en la parte de Espinosa, al que mataron a sangre fría para quedarse con el ganado y las perras que llevaba en el morral. También les atribuían el descarrilamiento del ferrocarril en el que habían muerto media docena de personas. Nadie lo creía del todo pero, por si acaso, todos mirábamos con cautela y de reojo hacia la montaña.

A Negrillo, a las borregas y a mí poco nos importaban los unos y los otros. Ni los emboscados ni los civiles nos iban a criar el ganado. Eso sí, tratábamos de salvar cualquier encuentro con ellos: jamás atravesábamos la zona donde, se comentaba, operaba el maquis y, si nos decían que los de la capa y el tricornio iban en dirección a los abedules, nosotros desviábamos enseguida el rumbo y encaminábamos las ovejas hacia el prado.

A veces, nos encontrábamos con pastores con ganas de hablar. Nos contaban la que había montada en la sierra de Guadarrama o en la provincia de Teruel. Que si los republicanos, que si los nacionales, que si Azaña, que si Franco. ¿A nosotros qué? Lo que nos importaba era si el pasto era mejor por la parte de Oteca o por la del Marquesado. Más les hubiese agradecido que trajeran noticias de América.

Los días que manteníamos el rebaño recogido, solía salir con el perro a repasar los cepos para liebres que escondíamos entre las enramadas del bosque. Lo pasábamos bien. Caminábamos durante horas entre robles y fresnos, e incluso llegábamos hasta el hayedo. *Fetén* era un buen perro: guiaba con autoridad la borregada, mostraba astucia para el conejo y obraba de atento vigía por la noche; fenomenal acompañante para la conversación y el paseo, era capaz de soportar durante horas mis charlas y, durante días, los silencios de Negrillo. Una pena que no permitieran perros entre el pasaje de los barcos. Lo encontramos siendo un cachorro. La madre había caído en una de nuestras trampas y llevaba varias jornadas aprisionada. La hallamos agonizante, en medio de un charco de su propia sangre. Lejos de morir, aún le quedaban fuerzas para lanzar traicioneras dentelladas cuando intentábamos acercarnos a liberarla. No podíamos dejarla morir de aquella manera. Entonces, vi aparecer a mi hermano con una piedra enorme, tan grande que apenas podía mantener. Como pudo, la elevó y la dejó caer con fuerza sobre la perra, aplastándole la cabeza. «Es letra en el monte —dijo— que un animal no sufra».

Desde ese día, *Fetén* estuvo con nosotros, aunque, en principio, no teníamos intención de quedárnoslo, pues por aquel tiempo teníamos otro perro, un pachón bastante resuelto para las ovejas. Una vez que recuperamos el cepo y dejamos los despojos cubiertos con las ramas secas de un arbusto, nos marchamos. Al rato, advertimos que el retoño nos seguía. Le lanzamos piedras y corrimos tras él para ahuyentarlo, pero, al momento, volvía a aparecer. Era tenaz aquel perrillo y, durante dos días, se mantuvo apostado a una distancia prudencial de nosotros, comiendo solo inmundicias y siguiéndonos. Al tercer día, me acerqué y le eché en la tierra las sobras de nuestro almuerzo, que no eran muchas.

9

Aunque muertos, mi hermano y yo teníamos padres. Hacía dos años que Negrillo había dejado de subir al cementerio. Una manía de las muchas que, con la edad, iba adquiriendo. Yo me obligaba a hacerlo, al menos, una vez al mes y procuraba que coincidiese con el primer domingo. Pensaba que ni a mis padres ni a mí nos haría daño un poco de compañía. *Fetén* siempre me acompañaba. Como estaban las dos tumbas juntas, me sentaba en el hueco que había en el centro y les contaba nuestras cosas. Lo de Carmita, lo de ir a América, lo de la Guerra, lo de los disparos del barranco de Castro. En un principio pensé no hacerlo, pero no pude guardar el secreto y conté también lo del hallazgo del anillo y lo que ocurría en mi interior cada vez que evocaba la imagen de Elisa. A ellos seguro que les agradaba saber y a mí no me costaba ningún esfuerzo desembuchar.

Las sepulturas de mis padres eran modestas: un montículo de tierra y una losa plana, algo torcida, clavada sobre la cabecera. Siempre llevaba una piedra de carbón en el bolsillo para remarcar los nombres en las lápidas que, en el transcurso del mes, la lluvia se había encargado de emborronar y dejar casi anónimas. Una a una, con precisión, señalaba cada letra. Había alcanzado tal grado de perfección en el trazo que, en ocasiones, parecían talladas.

MARCIAL CARDEÑOSA SANZ   BEGOÑA OSCO ARIZALETA
12-III-1932   9-III-1932

También procuraba remarcar la cruz de Cristo que coronaba sus nombres.

Fui pocas veces al colegio, nunca me han gustado los maestros, y fue allí, en la tumba de mis padres, donde terminé de aprender a leer y, también, a escribir. Como no teníamos libros, mi hermano me hacía recorrer el cementerio deletreando el nombre y apellidos de los muertos, aprendiendo los números en las fechas de defunción, recitando los escasos epitafios que había escritos en aquel camposanto. A pesar de los años transcurridos, no olvido uno, el de una niña fallecida a los seis años, Clara Aguado, que decía: esta tumba guarda tu cuerpo; dios, tu alma; tu familia, tu recuerdo.

Con una vara en la mano, Negrillo se colocaba junto a una lápida y señalaba letras de forma aleatoria. Yo, sentado en el suelo, las iba cantando. «La o. La efe. La pe». Mi hermano tenía más paciencia que don Alejo para enseñar y apenas me pegaba cuando erraba en la lectura. Me hacía recorrer la necrópolis en busca de una palabra que contuviera al menos tres oes. «¡Aquí hay una!», gritaba yo eufórico, tras explorar paciente decenas de sepulturas y descubrir a un difunto apellidado Olgoso. «Ahora, debes encontrar un apellido con cuatro aes». El muy canalla sabía que un tipo llamado Madariaga estaba enterrado en el lado opuesto del cementerio. Así que, mientras llegaba hasta él, le daba tiempo de echar una tranquila siesta acomodado entre mi padre y mi madre.

Otras veces, dedicábamos la visita a practicar problemas matemáticos. Situado frente a un grupo de cinco o seis sepulturas, observando el día, mes y año del fallecimiento, debía ordenar sus muertes en el tiempo. «Primero murió Felipe; después, Eustaquio; la tercera..., la tercera fue... ¡Dolores!; luego...» Siempre eché de menos que, bajo los datos del finado, no hubiese la costumbre de informar de la enfermedad que lo apartó de este mundo. El dolor miserere, un ataque al corazón o la melancolía. Quién sabe si Negrillo me hubiese enseñado también nociones de medicina.

Los cuerpos de nuestros progenitores llevaban en la tierra más de cinco años. Cuando murieron, vivíamos en una miserable casucha, de una sola pieza, a las afueras de Barreiro. Madre murió primero; en el momento de comenzar las fiebres y los vómitos, estaba bastante gorda por un nuevo embarazo. No aguantó una semana. «¡No te vayas! ¡No te vayas!», recuerdo igual que si fuera ayer cómo la zarandeaba padre al verla tan pálida. A los tres días, también murió él. De repente, comenzó a sufrir los mismos síntomas. Unos achacaron las muertes a unos hongos violáceos que habían ingerido; otros, a las calenturas transmitidas por la cabra. Fue la miseria lo que los mató. Ninguno de los dos había cumplido aún los treinta años. En fin, sacrificaron al animal, incendiaron y hundieron el cuchitril por si la infección era contagiosa y a nosotros nos acogió un pastor nómada, Rodrigo Ojopirri, que nos enseñó el oficio de sobrevivir.

De cualquier forma, el cementerio donde reposaban los cuerpos de mis padres era una balsa de tranquilidad, un lugar diferente a la fosa del barranco de Castro. Allí, junto al chamizo, las noches eran más agitadas. A menudo me despertaba de madrugada escuchando voces y extraños sonidos que no podían provenir de los animales nocturnos que habitaban el bosque.

10

Una de las muchas tardes que Carmita nos visitaba, y aprovechando que contaba chismes de gentes de Barreiro, decidí preguntarle si conocía a Elisa Febrero. Aunque lo hice de manera sutil, sin querer mostrar excesiva curiosidad, mi afán por escuchar cualquier reseña referida al ángel rubio eclipsaba al resto de mis intereses. En realidad, me moría por saber de ella, por conocer episodios de su vida. «¿Y quién no ha oído hablar de esa mujer? —comentó—. No sé si la conocéis. Es guapísima». Confesé que la había visto, de manera fugaz, en una sola ocasión. Carmita nos confirmó que, aunque aún no había recibido una notificación oficial, sabía de la muerte de su marido.

—Ahora, se le ve mejor. Sale a hacer la compra y vuelve a maquillarse y a vestir con elegancia. Dicen que pasó semanas llorando sobre una almohada. ¡Se le veía tan enamorada de su hombre...!

La novia de mi hermano nos narró, como si de un serial radiofónico se tratase, el idilio vivido entre Elisa y su difunto esposo. Un auténtico compendio recabado entre los comentarios ofrecidos por sus clientas en el mostrador de la panadería. Según ella, los flechazos existían.

Todo comenzó en Burgos, en la boda de unos conocidos. Alberto era primo del novio y ella, invitada de la novia. Fue la modista que confeccionó el vestido de bodas. Ya en el convite se fijaron el uno en el otro. Se lanzaron miradas, de esas que son tan difíciles de esquivar. Y hubo gestos y palabras de las que se clavan en el corazón. Pasearon y charlaron por las calles de la ciudad y se despidieron con la promesa de volver a encontrarse.

Alberto era un dandi de los que nada tenían que envidiar a los galanes del cine de la época. Vestía con distinción y a la última, con abrigos confeccionados con buenos paños y por los mejores sastres. Siempre impecable; nudo Windsor en la corbata y zapatos tan lustrosos como para acudir a una recepción en la embajada. Cuidaba al máximo hasta el más mínimo detalle de su elegante indumentaria. Cada día, antes de pisar el portal de la calle, pasaba minutos frente al espejo hasta lograr la inclinación perfecta del ala del sombrero.

Alberto era un hombre educado, culto y muy leído, con una sensibilidad fuera de lo común. Resultaba una pareja perfecta. Los dos levantaban miradas allá por donde pasaban.

Tras el primer encuentro, la relación continuó por carta. Siete días después de aquel fin de semana, llegó la primera. Alberto tenía dotes para la literatura. Al parecer, las postales guardaban cierto hilo narrativo y hasta se podían leer como una novela. Elisa las conservó durante años, cada una dentro de su sobre y atadas todas juntas con una cinta de color verde. Luego, tras conocer la muerte de su marido, durante las semanas en las que permaneció enclaustrada sin querer ver a nadie, las leería tantas veces que era capaz de recitar de memoria alguna de ellas. Palabra por palabra. Con el tiempo, muchas resultaron ilegibles al tener la tinta emborronada por las lágrimas que habían resbalado sobre sus letras. Hubo días en los que Elisa aparecía con las yemas de los dedos teñidas de azul de tanto manosear los manuscritos; y con el papel arrugado, lleno de surcos y estrías, de estrujarlo contra el pecho.

Un mes después del primer encuentro, se escuchó el sonido de unos insistentes bocinazos de automóvil a las puertas del taller de costura donde Elisa cosía. Modistas y aprendices interrumpieron sus trabajos y salieron alborotadas a la calle a ver que ocurría. Rodeada de un grupo de compañeras, Elisa quedó petrificada al descubrir a Alberto, a bordo de un flamante coche sin capota y con un espectacular ramo de flores en la mano. Con un porte magnífico, le abrió la puerta del vehículo, invitándola a entrar para siempre en su vida. Doña Joaquina le dio el día libre para que pudiera acompañar al pretendiente. Por vez primera, esa misma tarde, bebió el uno del otro el amor de sus bocas.

En la selecta joyería Ledesma compraron dos anillos y los hicieron grabar. Alberto, se leía en el interior del de ella; Elisa, en el que él colocó en su dedo. Su promesa de amor no necesitó de padrinos y su único testigo fue el escaparate del establecimiento.

Los doscientos kilómetros que separaban Burgos del pueblo de Alberto resultaron determinantes para que el intenso noviazgo apenas durase unos meses. A cada uno le costaba vivir sin sentir cerca la respiración del otro. España acababa de estrenar la

República cuando contrajeron matrimonio civil en el juzgado de Barreiro. Allí instalaron su residencia y, también allí, Alberto ejerció hasta su muerte de abogado. Porque a pesar de su gusto y pasión por la literatura, estudió leyes en Madrid. Durante sus años de estudiante, trabó amistad con algunos jóvenes que años después escribirían sus nombres, con letras de oro, en el libro de honor del siglo XX. Cuando Carmita los nombraba, sus apellidos no me decían nada. Ahora, en cambio, suenan por todas partes. Alberto contaba a menudo correrías vividas junto a Buñuel, Dalí y, sobre todo, con Federico García.

Fueron años de viajes. Madrid, Barcelona, Lisboa. Siempre hospedados en hoteles con muchas estrellas. Alberto la acompañaba a elegir vestidos y, con buen gusto, le asesoraba sobre el color del carmín de sus labios y el esmalte de sus uñas. Los dos se sentían atraídos por el lujo; una de las tantas contradicciones que colisionaban con la tendencia política obrerista de la que Alberto alardeaba.

Aunque pasaban el día rodeados de gente, siempre buscaban un momento para estar solos, un rincón donde cobijarse del mundo. En su casa de Barreiro, les encantaba echar el cerrojo a la puerta y permanecer recluidos tardes enteras. Elisa prefería escuchar una historia a leerla. En las noches de invierno, colocaban unos troncos de leña en la chimenea; Alberto se acomodaba en el sillón orejero y abría uno de sus libros favoritos. Ella se enfundaba el pijama de él, diseminaba un puñado de cojines por la alfombra y se tumbaba a escuchar la historia que leía. Eran tan hermosos los relatos que contaba, resultaba tan irresistible con aquella pose de intelectual, que casi siempre acababan cerrando el libro y haciendo el amor por el suelo.

Durante años, Alberto luchó para que su creciente actividad profesional y política no menoscabara la placidez de su hogar, para que la monotonía no se instalase en su matrimonio. Aunque pasara el tiempo y los hijos no llegasen, nunca aflojaba las muestras de amor y los detalles con su esposa. Unos pendientes encargados en París, una cuartilla con un poema manuscrito junto al desayuno, un beso por sorpresa en la nuca, de los que recorren como un relámpago cada rincón del cuerpo.

Para el abogado llegaron años de activismo político, de defender sueños imposibles, de compromiso con el recién nacido régimen de la República; también de enfrentamiento con otros vecinos del pueblo, de enemistades, de crispación. Para Elisa, que siempre había sentido indiferencia hacia la política, fueron años con muchos momentos de tedio. Su cómoda posición económica no hacía que se plantease siquiera la posibilidad de un empleo. Se le veía muchas tardes, paseando sola por el pueblo; conduciendo sin rumbo por carreteras secundarias o acompañando a su marido a actos públicos. Intentando luchar contra el bostezo, cumpliendo con su papel de esposa burguesa de un intelectual de izquierdas.

A pesar de todo, nada alteraba la cohesión del matrimonio. Las ausencias cada vez más largas de su marido, Elisa trataba de superarlas dando rienda a sus fantasías, creando un mundo que solo existía en su mente. Porque ella, como tantas mujeres aburridas, tenía pensamientos eróticos con otros hombres; fugaces espejismos de aventuras; sueños y deseos a los que nunca permitía que cruzaran la línea de la realidad. Durante alguno de ellos, fantaseó con el Chato, el sobrino del potentado Olivares. Un par de veces, la había abordado educadamente por la calle para solicitarle lumbre para el cigarrillo. Sabía que encendía la pasión en ese hombre. Con pose varonil, el Chato solía aprovechar el momento para acariciarle fugazmente las manos, decirle un cumplido cerca del oído y mostrarle su turbadora sonrisa.

Alguna vez, también la asaltaron los celos. En una ocasión, Alberto le pidió que comprara en la lencería un picardías en seda y con encajes. Era el encargo que un importante cliente de Gijón le había confiado para agasajar a su amante. No se atrevía a comprarlo en su ciudad para no levantar sospechas.

El modelo que Elisa adquirió era muy sugerente. A su marido le encantó, aunque tuvo que declinar la atrevida propuesta de Elisa de probarlo antes de volver a colocar la prenda en el envoltorio. «No estaría bien entregarlo ya usado».

—¿Por qué no voy yo a la tienda y compro uno igual para ti? —le propuso mientras la embestía por la espalda.

Pero fue después, al contemplar cómo Alberto colocaba con tanto esmero la caja envuelta en papel de seda dentro de la maleta, cuando la abordó la idea de que, en realidad, podría ser el regalo para una amante propia. Sin embargo, no sostuvo la sospecha ni un minuto. Otra fantasía más de una esposa desocupada. Enseguida, borró la cínica imagen de su pensamiento.

Desde que la radio comenzó a dar noticias sobre el alzamiento militar contra el gobierno producido en las provincias de África y el triunfo de las posiciones golpistas en la mayoría de los cuarteles del norte de España, Alberto guardaba el convencimiento de que no se demorarían mucho tiempo en aporrear su puerta.

No tardó en cumplirse su temor. La noche de la detención, esperó vestido a sus captores. Presentía que no debía colocarse la ropa de dormir ni la bata.

—Abre tú, por favor —pidió a su esposa cuando escuchó los golpes.

—Traemos una orden de detención contra Alberto de Pascual —oyó decir desde la puerta.

—¡Que no entren! Salgo yo —exigió en voz alta desde el salón.

Elisa, con los ojos anegados de temor, se aferró a su pecho. Él le acarició la espalda a modo de consuelo y la besó. Un beso como el que se dieron frente al escaparate de la joyería Ledesma. Luego, sacó el pañuelo y, mientras fue secando, una a una, sus lágrimas, le prometió:

—No sé cuándo ni cómo, pero volveremos a encontrarnos. Te doy mi palabra.

—¡¡Vamos!! —gritaron impacientes desde el exterior.

Alberto tomó el sombrero y, al pasar frente al espejo, se detuvo para ajustarse la corbata.

Desde el portal, compungida, Elisa lo veía marchar en medio del grupo de hombres armados, cuando su marido se volvió y, mirándola, acercó su puño a la boca y besó el anillo.

—¡¡Vamos!! —Lo empujaron.

Cerró lentamente la puerta y, al escuchar el clic del picaporte, sintió la soledad extenderse como un desierto por el corazón. Sin ansia de vivir, se apoyó en la pared y se dejó resbalar hasta quedar sentada en el suelo. La frialdad de aquella guerra que empezaba penetró como un puñal en su cuerpo. Quedó malherida. Esos días, lloró tanto como cuando, un año después, supo que Alberto iba en el interior de fatídico furgón que había partido hacia el barranco de Castro.

11

Después de escuchar la historia de amor entre Alberto y Elisa, el anillo que yo guardaba como un tesoro aún adquirió mayor valor. Cuando me encontraba solo por el valle, solía hacer un cuenco con mis manos y colocarlo en el interior, como queriendo proteger el amor que simbolizaba de los peligros que acechaban en el mundo exterior.

Anduve tanto por aquellos montes y praderas que llegué a conocer hasta sus más escondidos rincones. Era un lugar tranquilo, sin peligros; las únicas amenazas se reducían a ser atacado por la pequeña manada de lobos que aún pervivía en el bosque o en otra parte con la pareja de la Guardia Civil o con los primos Lajara. Por no haber, en la comarca no había ni guerra. No ocurría así antes, en los años veinte, cuando apareció el Kurchú; entonces sí resultaba arriesgado deambular por allí.

El Kurchú fue un lobo de tamaño descomunal. Dicen que tenía el porte de un becerro de año y medio, que había venido atravesando montes y sembrando el terror desde Francia. Después de tantos meses de recorrido y sin motivo aparente, se instaló por aquí. Durante los cien días que duró el tormento, además de los estragos causados entre el ganado, acabó con la vida de nueve personas: tres pastores, varios niños y una anciana. Poseía unas fuertes y curvadas garras con las que, en los nueve ataques que perpetró, consiguió decapitar a zarpazos a sus víctimas. Para mayor terror de los campesinos, como si fuese obra de la mente criminal de un humano, las cabezas de los desgraciados, con los ojos entreabiertos, aparecían plantadas en mitad de los caminos. El único superviviente a sus ataques, un médico rural del partido de Oteca, aseguró que tenía más aspecto de animal prehistórico que de lobo, aunque mostrara un pelo áspero y negruzco y las orejas cortas y tiesas como las que exhiben esas feroces alimañas.

Se organizaron populosas partidas de cazadores que se adentraron en el bosque para dar muerte a la fiera. Tras muchas horas de batida, regresaban con los cuerpos de tres o cuatro lobos cruzados sobre los lomos de los caballos, pero ninguno de ellos era el Kurchú.

La sensación de abatimiento continuaba siendo extrema entre la población: se abandonaron cultivos, se mantuvo recogido el ganado, se suspendieron fiestas y mercados. La petición de socorro llegó hasta el Rey, que tomó cartas en el asunto. El propio Alfonso XIII escogió entre los oficiales de la Guardia Real al más diestro de los tiradores, un tal capitán Palazón, que fue enviado a la zona. Y el recurso dio resultado. Al segundo día, el soldado hirió de bala en el cuello a la bestia; luego, una manada de perros le dio alcance, asediándola hasta que murió.

Cuando abrieron al Kurchú en canal, encontraron intactas en su interior las manos de la última niña que se había comido. La gente bajó al valle a cerciorarse de la muerte del lobo y sonaron cohetes en el cielo y música de verbena. Era tanta la alegría que parecía que se había acabado la cuaresma. El cazador regresó a Madrid con el trofeo para presentarlo ante el Rey y nunca más se tuvo noticia de la fiera.

Según investigó después el médico de Oteca, gran aficionado a la antropología, el Kurchú habría acudido a estos bosques atraído por el goloso olor que despedía el sexo de una bruja que habitaba en las inescrutables grutas de la montaña. La hechicera, que se mantenía eternamente joven y hermosa, era una conocida pervertidora de animales. Se decía de esta mujer que mantenía arrebatadoras relaciones sexuales con las culebras. Al parecer, ejemplares del grosor de un brazo llegaban serpenteando hasta su cueva. Luego, lentamente, como si estuviesen hipnotizados, se iban introduciendo por la vulva de la embaucadora, produciéndole un placer casi insoportable, que le hacía dar estremecedores alaridos, cuyos ecos se podían escuchar por todo el valle. Tras recorrerle todo el interior del cuerpo, las culebras brotaban de nuevo al exterior por su boca, convertidas en una especie de lagartos con cresta, de un aspecto similar al de pequeños dragones. Aseguraban que decenas de estos bichos reptaban por los alrededores de la cueva a modo de guardianes. Yo nunca los vi. Por si acaso era cierta la tesis que sostenía el médico, jamás subí hasta la cumbre de esa montaña.

Y así, antes de que el capitán Palazón le alcanzara con su disparo y empleando sus mejores artes, la bruja consiguió seducir al Kurchú. Y excitó de tal manera al animal que logró que la montara y le introdujera su pene cubierto de pelo. La arpía no cesó hasta conseguir que el semen de la bestia hubiese germinado en el interior de su vientre. Nueve meses después, se escucharon los gritos del parto. Durante lustros, nadie vio al monstruo. Aseguraba el doctor que, al cabo de quince o veinte años, la comarca recogería el fruto de aquella repulsiva cópula. Auguraba la llegada de «un animal de inteligencia humana o de un humano con el instinto asesino de las fieras». Yo imaginaba a la criatura como a un ogro, un gigante de espesas cejas con el cuerpo abrigado por pelo negro que se alimentaba de carne de persona. Y, la verdad, crecí esperando que el aberrante ser apareciese en cualquier momento.

En las noches de pastoreo, cuando abandonaba el corrillo de la hoguera y me ladeaba del claro del bosque para ir a orinar, Ojopirri me advertía en voz alta: «Ten cuidado, Marcial, no le vayas a mear al hijo del Kurchú». ¡Joder, que el aviso me cortaba el chorro!

12

Quizá esa noche había vuelto a soñar con el ogro, el hijo de la bruja. Debían de ser altas horas de la madrugada. Desperté con la ropa de dormir sudada y escuchando lejanas quejas. Pero, en esta ocasión, no había duda: eran lastimeras voces humanas las que llegaban hasta el cobertizo.

Opté por no despertar a mi hermano. Con cuidado para no desvelarlo, me eché la manta por encima de los hombros y salí fuera del sombrajo. Tiritaba de frío. La luz de la luna se reflejaba en el cedro escarlata procurándole un peculiar brillo metálico a sus hojas que nunca antes había advertido. El canto de una solitaria lechuza parecía advertir de peligros inciertos.

Confieso que, aunque me armé de coraje, no dejaba de sentir miedo. Me sorprendía que, después de tantos meses, aún perdurasen en el aire los ecos de los sollozos de los once fusilados.

Intranquilo, avanzaba despacio hacia los riscos, escuchando los llantos cada vez con mayor claridad. Dudé entre continuar o regresar al chamizo a protegerme bajo las mantas. Pero al alcanzar las rocas decidí asomarme al barranco. Los sollozos cesaron de repente. Fue como si las personas que emitían los gemidos hubiesen enmudecido al descubrir mi presencia. Allí no había nadie. Solo llamó mi atención una tenue niebla que ocupaba el interior del mapa de América de Sur. En pocos segundos y ante mis ojos, la bruma se desvaneció por completo. Quedé perplejo al ver cómo era absorbida por la tierra.

13

Lo cierto es que hacía ya casi dos décadas del ajusticiamiento del lobo y se avecinaba la fecha en la que el médico de Oteca había predicho que el ogro alcanzaría la edad adulta y sembraría el terror por el valle. Por eso, cuando *Fetén*, persiguiendo a una zorra, descubrió la cueva, mostré bastante reparo antes de decidirme a penetrar en ella. Había caminado cientos de veces por delante de aquella oquedad en la roca y jamás me había percatado de su existencia, aunque era verdad que la entrada estaba bastante disimulada por la retama y unos frondosos helechos. Se trataba de una cavidad subterránea de difícil acceso. «Un umbral demasiado angosto —me dije— para ser la guarida de un gigante». Estaba ubicada a poco más de un kilómetro del barranco de Castro, donde teníamos levantado el chamizo. Una zona abrupta y poco transitada por las gentes del pueblo.

Hice entrar primero al perro y aguardé impaciente su salida. Al comprobar que *Fetén* regresaba indemne de la exploración, decidí asomarme yo. Antes de agacharme, miré detenidamente alrededor para cerciorarme de que nadie me vía entrar. Mi osadía me hizo meter la cabeza con mucha cautela y dar una ojeada. En mi mente se arremolinaban imágenes de peligros imprecisos, de lobos, de ogros y hasta la de los primos Lajara. Aunque estaba muy oscuro, pude adivinar una sala bastante amplia, con el techo relativamente alto y una temperatura agradable. Enseguida, al descubrir un jergón hecho de paja en el rincón, supe que estaba habitada. El descubrimiento me sobrecogió y, temeroso de ser sorprendido por el regreso de su inquilino, decidí abandonar la prospección.

Aguardé un buen rato en el exterior sentado en una mota de tierra frente al hueco de entrada, valorando si continuar o no indagando en el interior. Finalmente, la curiosidad hizo que me decidiera a realizar una nueva incursión. Por aquel paraje, no solía pasar gente, así que de nuevo entré en la cueva con mucho sigilo, procurando no hacer ruido ni movimientos bruscos. *Fetén me* siguió.

Al encender la vela de la palmatoria que había a la entrada me dio la impresión de que, últimamente, nadie había estado por allí. Lo primero que llamó mi atención fue un emblema forjado en hierro, de considerable tamaño, que representaba una hoz y un martillo, bajo los que se leía las siglas U. H. P. En el suelo hallé colillas de cigarros, que parecían haber sido fumados con desesperación.

Con sumo cuidado, miré la portada de los tres libros que había apilados sobre el suelo. Dos de ellos ostentaban títulos extraños, que hacían referencia a asuntos políticos; ni siquiera los abrí. Pero el tercero me sorprendió: *El manual escarlata*. Se trataba de un ejemplar de formato menudo, de apenas siete u ocho páginas confeccionadas en cartón duro. Su contenido estaba rotulado en letra cursiva, aunque de imprenta, simulando un manuscrito. El anverso era de color ocre y en la contraportada aparecía dibujado un fastuoso cedro. Tras una ojeada, observé que estaba repleto de recetas mágicas. Volví a colocar los libros en la misma posición que los había encontrado; no quería que su dueño pudiera sospechar que alguien había estado allanando su refugio.

En una esquina, al otro lado del jergón, descansaba un bulto envuelto en trapo que escondía algo. Antes de abrirlo, tanteé su peso: debía de ser algo metálico. Si bien lo deslié despacio y con cuidado, apenas descubrí la culata de un revólver, me apresuré a dejarlo en su sitio. Fue como sostener un hierro candente. De la impresión que me produjo el hallazgo, casi se me cae el arma de las manos.

Era la primera vez que tenía una pistola tan cerca. La tentación fue más fuerte que la prudencia. Sin dejar de agudizar el oído ni de perder de vista la entrada de la cueva, de nuevo levanté el pesado objeto y lo desembalé despacio. Contemplé fascinado como relucía el metal entre mis manos. Conté cuatro balas en el tambor. Estaba manejándolo con cuidado, cuando, de pronto, escuché un ruido desconocido procedente del camino. No sabría precisar si se trataba de pasos de persona o del trasiego de un grupo de animales. Quedé paralizado. La amenaza cada vez se oía más cerca. Agarré a *Fetén* por el cuello para que no se precipitase al exterior y desvelara nuestra presencia, y apunté con el arma hacia la boca de la gruta. Sentía como el corazón bombeaba la sangre a mi cerebro. No sé cuánto tiempo estuve en aquella tensa posición, con la rodilla apoyada en el suelo y el dedo flexionado sobre el gatillo, pero, cuando por fin dejaron de escucharse las pisadas, tenía la ropa empapada de sudor.

Dejé todo como lo había encontrado. De un soplido, apagué la vela y, tras comprobar que nadie merodeaba por los alrededores, volví a salir a la senda. Por el camino de regreso al chamizo, empecé a sospechar que el contenido de aquella cueva debía guardar alguna relación con los muertos que habitaban mi mapa de América; supuse que su morador debía de ser un tipo cuyo nombre respondía a las siglas U. H. P.

En los días siguientes, regresé varias veces más al lugar. Siempre visitas rápidas, siempre tenso por el temor a ser sorprendido por su inquilino. Solo con el paso de las semanas y al confirmar que nadie excepto yo acudía allí, comencé a alargar el tiempo de permanencia en su interior.

A partir de entonces, la gruta sería mi escondite secreto, el lugar al que cada tarde acudiría a fumar, a leer y a masturbarme pensando en Elisa Febrero. Buscar refugio en la cueva se convirtió en algo habitual para mí. Pasaba horas y horas cobijado entre sus muros de piedra. Era el lugar más tranquilo y seguro del mundo y el primer cuarto privado del que dispuse en mi vida.

Un día en el que la lluvia impidió que saliera de pastoreo con las ovejas, pasé la tarde resguardado allí. Estaba echado en el jergón de paja, pensando en mil asuntos, cuando llamó mi atención una extraña pared enlucida que había al fondo de la gruta. Parecía como si alguien hubiese querido ocultar la entrada a un pasadizo. Me incorporé y propiné tres golpes secos con los nudillos sobre aquella parte del muro. Efectivamente, sonó a hueco: se trataba de un tabique. De pronto, vino a mi mente la posibilidad de que detrás del panel se ocultase una entrada secreta a la enigmática mina de los jorobados; quizá había descubierto un túnel que conducía a los sótanos del cercano Santuario de Nuestra Señora de las Maravillas. Sentí como si una bandada de pájaros alzara el vuelo en mi interior.

Mi sospecha no era ningún disparate, porque el Santuario se encontraba enclavado a solo un centenar de metros de allí. La extravagante abadía, que siempre permanecía cerrada a cal y canto, era conocida irónicamente por las gentes de la comarca como la ermita de la Virgen de la Chepa. Un edificio de factura ecléctica, construido sin un estilo concreto. Llamaba la atención su torre, donde en lugar de campanas había colgados decenas de cencerros. Con un sonido tan desagradable, la misión del campanario era más la de espantar que la de atraer fieles. Aquel fue uno de los lugares más misteriosos del paisaje de mi infancia.

Nuestro mentor contaba la antigua historia de un milagro protagonizado por la Virgen a la que estaba consagrado el templo. Lo hacía a menudo y siempre se santiguaba antes de comenzar a narrarlo. Al parecer, la cabeza de Nuestra Señora se descolgó de su cuerpo ante un grupo de testigos para dar fe del pecado cometido por un ricachón del pueblo: el engaño sufrido por una inocente campesina. El busto de la imagen no llegó a caer al suelo y quedó situado por debajo de los hombros, procurándole el aspecto de una virgen jorobada. De ahí, su apodo. Quizá para que quedase constancia del prodigioso suceso, nunca llegó a ser restaurada.

No fue hasta mucho después del asombroso acontecimiento cuando comenzaron a peregrinar hasta Barreiro numerosos chepudos que pasaban las tardes enteras rezando ante la venerada imagen. Al igual que los ciegos se veían reflejados en el sufrimiento de santa Lucía, ellos lo hacían en el de Nuestra Señora de las Maravillas. Decía el pastor que no resultaba extraño descubrir grupos de diez o doce gibosos cenando en la taberna del pueblo o paseando por las calles.

Las continuas presiones realizadas en Roma por un sacerdote polaco, también chepudo, que había sido ascendido a cardenal, dieron su fruto: el papa Pío IX ordenó levantar una ermita en el bosque en honor a la Virgen de las Maravillas y decretó el traslado de la imagen al nuevo templo. Desde entonces, el Santuario fue custodiado por una extraña orden de seglares, compuesta exclusivamente por hombres con giba, y a él peregrinaban corcovados de todo el mundo. Su director, del que nunca supe el nombre, pero al que los niños llamábamos el capitán Galápago, siempre aparecía con chaqueta, corbata y sombrero de copa, para simular una mayor altura, mostrando una siniestra sonrisa que recordaba a la que esgrimen las hienas.

Pero también contaba nuestro protector que aquella suntuosa ermita y el excesivo fervor mostrado por los jorobados no eran más que la tapadera de un lucrativo negocio. Estaba convencido de que allí, bajo la capilla donde se veneraba a la Virgen, estaba la entrada secreta a la mítica mina de oro a la que hacían referencia legajos de la época de los visigodos y cuya búsqueda provocó durante la Edad Media una auténtica fiebre del oro. Decían que esta secta liderada por el lúgubre Capitán tenía trabajando, en régimen de esclavitud, a cientos de negros traídos en secreto desde el corazón de África. «¡Silencio! —ordenaba Ojopirri a mitad de la narración—. Callaos y escuchad el ruido que emerge de entre las grietas de las rocas». Todos afinábamos el oído y nos manteníamos en sigilo. En la calma nocturna, nos parecía escuchar extraños ecos que corroborarían, de alguna forma, la denuncia del pastor. El oro extraído en esta galería estaría depositado en las cajas de seguridad de los bancos más solventes de Estados Unidos y Suiza, y sus beneficios, invertidos en las empresas más prósperas del mundo. El propio Ojopirri juraba haber oído, en la quietud de la noche y con total nitidez, el sonido producido por golpes de pico y arrastres de pala que emanaba del fondo de la tierra. De niños, Negrillo y yo fantaseábamos con penetrar en el inexpugnable Santuario, levantar el manto a la Virgen y, por allí, acceder a la mina secreta. Luego, amarrar con cuerdas a los gibosos, liberar a los negros y hacernos inmensamente ricos con un saco de pedruscos de oro.

Así que, tras descubrir el falso tabique que escondía el vano en un rincón de la cueva, no tardé en salir al camino y regresar al momento con una buena piedra con la que demoler aquella costra de tierra amasada. Una y otra vez, golpeé la pared con saña, ansioso por descubrir el túnel que comunicaba la gruta con el yacimiento de los jorobados. Apenas me costó esfuerzo derribarla y retirar los cascotes.

Pero enseguida me embargó un sentimiento de decepción al hallar únicamente una grieta en la roca por la que era imposible que pudiera penetrar una persona. Quizá, solo había sido tapiada para impedir la entrada de culebras. Aunque presté atención, tampoco escuché trajín de actividad minera.

Lo cierto es que, desde que había decidido emigrar, la montaña se había tornado divertida. Tenía la impresión de que el bosque no cesaba de halagarme con regalos, probando a debilitar mi ánimo aventurero, intentando que aparcara para siempre mi sueño de embarcar. Así, oía muertos que deambulaban por las noches clamando justicia, temía encontrarme a los Lajara, que seguían dando tiros por el monte, descubría anillos de compromiso y me enamoraba ciegamente de una sublime mujer. Además, ante mis ojos, emergían árboles mágicos, cuevas misteriosas y el augurio de que un ogro extendería el terror por la comarca. Habían transcurrido algunos meses del año 1938 y supongo que sería por la edad iniciática en la que me encontraba o por los extraordinarios sucesos que me ocurrieron entonces por lo que ahora, después de tanto tiempo, recuerdo los tres años que duró la Guerra Civil como los más felices y trepidantes de mi vida.

14

El mapa de América del Sur se mantenía florido de forma perenne. El agua de lluvia era suficiente para que las flores que campaban en sus selvas, cordilleras y mesetas mostraran vivos colores. Unas veces, el continente aparecía vestido de lila; otras, de blanco o amarillo. La parcela era como una sorprendente dama que no cesaba de cambiar el color de su atuendo.

El dinero obtenido de la venta de la lana y de algún cordero apenas nos daba para sobrevivir. Por mucho que la tanteara, la bolsa de los ahorros continuaba en los huesos. Así que no quedaba más salida que seguir avistando la maqueta de América desde allí arriba. Aunque mi hermano me lo tenía prohibido, cada tarde, apoyaba mi espalda en el tronco del cedro y, bajo su sombra, la contemplaba ensimismado. Fantaseaba al pensar que, surcando las verdes praderas del valle, llegaba en barco hasta su costa. Me agachaba, tomaba uno de los brotes que florecían en su interior y me embriagaba de futuro oliendo su fragancia.

A pesar de que tenía el convencimiento de que aquel terruño estaba atestado de cadáveres, paradójicamente, me parecía un lugar lleno de vida.

Casi siempre, acudía al pastoreo con *El manual escarlata* en la alforja. El libro que había encontrado en el interior de la cueva se convirtió en compañero inseparable durante mis muchos momentos de tedio y puse en práctica bastantes de las recetas que recogía en su interior. Con agua de lluvia y hojas machacadas de cedro, cocía un caldo que obligaba a beber a las ovejas para protegerlas de ser devoradas por los lobos. A pesar del abominable aspecto del brebaje y de su nauseabundo sabor, también yo lo ingería por si acaso se cumplía el vaticinio del médico de Oteca y, en cualquier momento, aparecía el hijo del Kurchú. En más de una ocasión, soñé que se comía mis manos.

El viejo ejemplar estaba lleno de fórmulas mágicas. Un día hice algo que resultaría fundamental para mi futuro. En el pequeño tronco de una rama de cedro, con la hoja de la navaja, grabé la palabra AMÉRICA, que condensaba mi sueño. Metí el leño en un bote de hojalata y lo colmé con el primer orín de la mañana. Después de cuarenta días, los mismos que Cristo anduvo por las arenas del desierto, lo saqué y, como indicaba el manual, le recé un padrenuestro en latín. Luego, lo dejé flotar arroyo abajo. Seguro que la rama acabaría en las aguas del río. Después, la corriente la llevaría hasta su desembocadura en el mar. Tras años navegando por el océano, las olas la depositarían con suavidad en la arena de una playa americana. La llegada de aquella rama no sería más que el anuncio del viaje que yo realizaría años después.

Convencí a Negrillo para que depositara doce flores amarillas, de las que brotaban en la copa del árbol escarlata, junto a la ventana de Carmita. Quizá fue una casualidad, pero, a la semana, el padre de la joven, harto de verlo merodear cada domingo frente a la fachada, lo invitó a pasar a la casa y le ofreció una silla.

Animado por el éxito de mi hermano, decidí poner en marcha el conjuro que el manual recomendaba para atrapar la atención de la persona amada. Poco perdía probando con el hechizo. En las ramas más altas del cedro escarlata anidaban los pájaros chazarrines, una de las especies de ave más diminutas de la creación. El chazarrín es tan pequeño que, en ocasiones, su vuelo se confunde con el de las mariposas. Originarios de la India, son nómadas y siempre emigran en dirección al Este. Son muchos los ejemplares que, volando durante dos o tres años, son capaces de dar la vuelta al mundo y regresar al mismo árbol donde nacieron. El canto de los chazarrines resulta inconfundible; el timbre metálico de su voz le hace sonar como música de cascabeles.

Con mucha precaución, me encaramé al cedro que crecía en lo alto del barranco. Me miraba expectante desde abajo. De cuando en cuando ladraba para recordarme lo peligroso de mi osadía. No tardé en encontrar uno de los minúsculos nidos de chazarrín. Tal y como especificaba el libro, deposité el anillo en su interior para que fuese empollado junto a los huevos. Semanas después, cuando los polluelos estuviesen cubiertos de pluma, su primer vuelo sería en dirección al hogar de la persona a la que simbolizase el objeto que había compartido su incubación. Así, cada día, al amanecer, una bandada de pajaritos se detendría en el balcón de Elisa, para que oyese el agradable tintineo de su canto. Luego, cada vez que yo estuviese ante ella, el melodioso sonido de los cascabeles volvería a repicar en su mente, reviviendo un momento placentero. En fin, ¿quién no ha oído alguna vez un susurro de cascabeles?

También, en la noche de ánimas, lancé once piñas al interior del mapa. El libro aseguraba que el fruto de esta variante de cedro era el alimento perfecto para nutrir de vida a los muertos. Y, la verdad, llevaba muchas noches escuchando el agitado movimiento de sus cuerpos bajo la tierra; muchas madrugadas intentando en vano descubrir figuras con forma humana entre el banco de nebulosa que se deslizaba por el interior del terruño. De una vez por todas, ansiaba sorprender a los causantes de mis desvelos nocturnos. Estaba convencido de que los once fusilados vivían allí. Lo que escuchaba cada noche no era fruto de pesadillas, era el lamento de los difuntos que clamaban por una sepultura digna.

Moraban en aquel lugar. Era cuestión de tiempo; tarde o temprano conseguiría sorprenderlos.

15

Barreiro no era un pueblo tan pequeño, aunque, eso sí, todo el mundo se conocía. Sin tener notaría ni registro de la propiedad, lo considerábamos la capital del valle. Disponía de una casa consistorial, un cuartel de la Guardia Civil, un casino cultural y recreativo y una iglesia muy antigua, edificada en los tiempos en que el resto de España era aún de religión mora.

En la panadería de su novia, mi hermano había escuchado un lamentable comentario que guardaba relación con el anillo que yo, con tanto esmero, coloqué en lo alto del cedro y que, ahora, lucía en el dedo anular de mi mano derecha. Según las habladurías, Elisa Febrero se dejaba visitar desde hacía un tiempo por el sobrino de don Eugenio Olivares. Una amiga común, una peluquera llamada Gertrudis, habría forzado los encuentros.

Al principio, me negué a dar crédito a esa hipótesis. Hacía menos de un año de la muerte de Alberto y no lograba imaginarla en brazos de otro hombre que no fuese yo, el poseedor de la alianza. Llamé envidioso a Negrillo y lo acusé de fulero y falsario. Elisa era un ángel, un hermoso ángel sin alas que deambulaba dando contoneos por las calles empedradas de aquel infierno. Me costaba aceptar que mientras su marido, el presidente del Ateneo, había sido asesinado por defender las reformas de Azaña, ella le pagase ardiendo en el colchón de un seguidor de José Antonio Primo de Rivera.

El Chato, como llamaban con sorna en el pueblo al supuesto amante de Elisa Febrero, era un siniestro personaje que no pasaba inadvertido. Cubría la nariz con una brillante funda de plata que le daba aspecto de hombre de hierro. Según decían, bajo la máscara ocultaba una piltrafa de carne que le afeaba bastante el rostro. El sobrino de Olivares era un señorito sin dinero, manirroto y golfo, que había perdido el olfato en el transcurso de una brutal pelea en Santander. Su contrincante, un marido harto de los continuos agasajos con los que cortejaba a su atractiva esposa, consiguió morderle la nariz; y lo hizo con tanta furia que logró desmocharla. «Este no vuelve a oler a la hembra de otro macho», dijo, tras escupir al suelo el pedazo de molla ensangrentada.

Pasé la semana rumiando por el monte el comentario que Negrillo había escuchado en la casa de la mellada, aunque sin terminar de otorgar solidez al rumor. Me dolía el pensar que la viuda de Alberto podía estar en ese instante en manos de aquel chulo. Necesitaba borrar de mi mente cualquier sospecha. Así que, aunque nunca lograba verla, el domingo siguiente lo dediqué a merodear una vez más por el domicilio de Elisa. Con suma discreción, monté guardia frente a su casa. Pasé horas apostado en las esquinas, recorriendo decenas de veces la calle de arriba abajo, pidiendo al cielo que no se confirmaran las habladurías que andaban de boca en boca. Yo era el dueño de la alianza que llevaba grabada su nombre y solo a mí pertenecían sus abrazos. Finalmente, como un mazazo, verifiqué con rabia cómo un hombre con sombrero de ala ancha se detenía frente al portal. Al girar la cabeza, el frío destello de su rostro me atravesó. Al instante, se abrió la puerta y el Chato entró. No logré ver nada más.

Me dirigía vencido a la cueva sin apenas contener el llanto, cuando al atravesar la plaza fui testigo de un grosero espectáculo que, al parecer, se repetía a diario. Un grupo de hombres había dado una propina a Tomás Barinas, un subnormal que poseía el don de emitir sonoras ventosidades a capricho. En medio del corro, el tonto comenzó a mencionar uno a uno a los once desaparecidos, acompañando cada nombre de un estruendoso pedo. «Éste para el sastre». «Este para Alberto». «Este para Joaquín Lago». La gente que lo rodeaba reía a carcajadas la ocurrencia. Una vez concluida la lista, Tomás decía:

—Y este último... para Azaña —y lanzaba a continuación una larga e interminable traca de flatulencias, añadiendo—: ¡Cortad por donde podáis...!

Ya en la gruta, escuché sonar los cencerros del Santuario. Con la ilusión desbaratada por la deslealtad de Elisa, con el corazón desgarrado y lleno de jirones, me quité el anillo del dedo y lo apreté con tanta rabia que llegué a sentir dolor. Lo deposité sobre el lienzo que envolvía el revólver.

16

Anduve el resto de la tarde de aquí para allá. Caminando por el bosque sin dirección. Con las manos en los bolsillos y propinando patadas de venganza a las piedras. La visión de aquel hombre allanando mis pertenencias se repetía una vez tras otra en mi mente, logrando eclipsar la imagen de Elisa.

Esa noche, en el refugio de Castro, me costó conciliar el sueño. Confusas pesadillas alborotaban mi descanso. Estaba casi dormido cuando empecé a escuchar cánticos. Me cercioré de que me encontraba despierto. Estaba seguro de que, de nuevo, los sonidos provenían del fondo del barranco. En un principio, eran voces difusas que proferían vagas entonaciones. Luego, puse mayor atención y distinguí, de forma nítida, el canto del *Himno de Riego*.

Si los curas y las monjas supieran
la paliza que les van a dar,
subirían al coro cantando:
¡Libertad! ¡Libertad! ¡Libertad!

Conocía la letrilla republicana porque, en numerosas ocasiones y con cierta exaltación, se la había oído canturrear a nuestro mentor en el monte. La cantaba cuando iba cargado de vino y no había moros en la costa, cuando estaba seguro de que solo mi hermano, las borregas y yo podíamos escucharlo.

El himno llegaba arriba cada vez de manera más limpia. Era un canto distorsionado y cansado, como entonado por voces fatigadas. Negrillo dormía y, después de pensar en hacerlo, me incliné por no despertarlo: no lo quería molestar con «mis fantasías». De forma extraña, *Fetén* también estaba amodorrado. Así que me coloqué el pantalón y corrí solo hacia los peñascos a asomarme. Aunque estaba convencido de que esta vez sorprendería a alguien en la hondonada, no oculto que me acerqué a las rocas receloso de lo que podría encontrar.

¡Dios mío! Nunca olvidaré la visión de aquella noche. No pude evitar que una mezcla de recelo y emoción lograra hacerme temblar. A pesar de la sensación de miedo que me invadió, decidí permanecer oculto entre los riscos divisando el espectáculo. Apenas me atreví a asomar una tímida mirada por uno de los huecos que se abría entre los pedruscos. Con el corazón en un puño, descubrí a dos hombres sobre el terruño removido; dos sombras resplandecientes, como formadas por humo blanco, que deambulaban cada una a su aire, cantando sin compás, a un ritmo cansado. Poco a poco, de la niebla que los rodeaba y como por arte de magia fueron apareciendo más y más. La luz iba perfilando los cuerpos, los rostros, hasta dejarlos nítidamente reconocibles. Al final, conté once figuras humanas. Miré hacia atrás y la tranquilidad reinaba en el chamizo. No entendía cómo los desafinados cánticos no conseguían despertar a Negrillo y a *Fetén*.

Recordé las palabras de mi hermano: cuando los muertos no descansan en paz, vagan clamando justicia. Observé que, durante el paseo, ninguno de los difuntos atravesaba el límite del mapa de América del Sur; era como si percibieran la existencia de una valla invisible que les impidiera salir. Deambulaban de aquí para allá, de forma aleatoria, pero sin atravesar el contorno que delimitaba el terruño.

Al primero que distinguí entre la marabunta de espectros fue al maestro de Barreiro. Su cojera resultaba inconfundible; además, era la figura más alta y encorvada de todas. Nunca me gustó don Alejo y, aunque no esté bien decirlo, confieso que me alegré en ese momento de verlo allí, muerto. Ese cabrón pegaba mucho. Por no acertar el seis por siete, te propinaba un palmetazo con la regla de medir; por confundir una be con una uve, un tirón de la patilla. Jamás he conocido a un cojo bueno y este no fue la excepción. Una de las pocas veces que acudí a su escuela, me colocó unas orejas de burro, para que los demás chavales supieran en qué se convertían los niños que pasaban el día por el bosque sin asistir al colegio. ¿Qué interés escondía en que ocupara uno de los bancos de su clase? ¿Pretendía que me aburriera como los otros, escuchando sus farragosas explicaciones? A mí no me interesaban sus aburridas historias; prefería aprender las letras por ahí, en las lápidas del cementerio. Además, ¿para qué quería acudir a la escuela, si don Alejo nunca nos hablaba de América?

Con los últimos acordes de la canción, las siluetas humanas que tarareaban sobre la tierra removida comenzaron poco a poco a desdibujarse. Tras un par de minutos arrastrando los pies por la tierra, la luz fosforescente que les daba vida fue perdiendo intensidad hasta apagarse. Los once espectros se fueron desvaneciendo, convirtiéndose en una abstracta nebulosa, y desaparecieron por completo de mi vista. La tierra los había vuelto a engullir. El espectáculo que me ofreció la fosa me supo a poco.

Cuando volvía hacia la cabaña, aún aturdido por la visión, me detuve a mirar el cedro escarlata. Aquella noche, el reflejo de la luna también procuraba a sus ramas el brillo de color púrpura que lo transmutaba en un ser fantasmagórico.

Esta fue la primera vez que vislumbré a los fusilados, pero a partir de entonces, casi todas las noches, salían un rato a estirar las piernas por la superficie de la fosa donde habían sido enterrados. Afloraban de golpe y permanecían vagando por el continente durante un tiempo indeterminado. Unas veces, desaparecían a los pocos minutos; otras, en cambio, se mantenían despiertos y animados durante un par de horas. No sé por qué, pero los difuntos siempre esperaban a que mi hermano estuviese dormido para aparecer. En la mayoría de las ocasiones, caminaban en silencio o susurraban monólogos en voz baja, que recordaban los rezos de un convento.

Cada noche, me fijaba en Alberto, el marido de Elisa. A pesar de las manchas de tierra húmeda que ensuciaban su traje, mantenía un porte elegante. A veces, cuando lo veía caminar cabizbajo, me preguntaba si no estaría buscando la alianza que, ahora, yo guardaba en mi bolsillo.

Hasta pasado el mes, no me aventuré a descender al fondo del barranco. Tras estudiar el comportamiento de los espíritus y comprobar que nunca abandonaban el contorno del mapa, me decidí a bajar para observarlos de cerca. No eran peligrosos. Cuando empezaba a escuchar el murmullo de voces y el trasiego de pasos, despertaba al perro y descendía con él entre los riscos hasta situarme en el límite de su mundo. *Fetén* ni ladraba ni se inmutaba, era como si no los viese. Los muertos parecían ciegos: no se miraban entre ellos ni tampoco me miraban a mí. Tenían el cuerpo lleno de agujeros con manchas de sangre fresca, que nunca terminaban de secar. El herrero y otro, al que no conocía, llevaban el orificio en la cabeza. Aún sangraban. Caminaban cabizbajos, sin orden, arrastrando los pies y con los brazos caídos. Algunos iban descalzos. Con el paso de las noches, fui tratándolos a todos. Los saludaba por sus nombres y a los que no conocía les inventaba un apodo con el que poder llamarlos. Tiro en la nuca, Ojeras, Gorras. Cuando don Alejo se aproximaba al borde, le musicaba la tabla del siete completa, aquella que tantos golpes me costó. Siete por uno, siete; siete por dos, catorce... Al llegar al siete por nueve, sesenta y tres, le añadía «que te den por el revés», a la vez que le lanzaba un pedrusco. Nunca atinaba a darle.

En varias ocasiones, el espectro de Pepe Alba, un labrador que fue vecino de nuestra casa en Barreiro, pasó junto a mí murmurando algo. Su voz era tan entrecortada y confusa que nunca lograba saber qué decía. De niño, solía pasar días enteros en su vivienda a la espera de que mis padres regresaran del trabajo. Siempre al cuidado de su hermana Lorenza. Eran buena gente los Alba. Una de las noches, decidí

caminar junto a su espíritu, por las afueras del terruño. Afiné el oído y le escuché decir que guardaba
los duros en una caja de madera, enterrada en el
establo. Me dio la impresión de que pretendía que
le contase el secreto a su hermana. Recordaba perfectamente aquella caja de color verde, decorada con
margaritas blancas. Cada noche, Pepe la escondía
en un lugar diferente, para que nadie pudiese encon-
trarla. Lo mismo aparecía bajo una losa suelta que
en lo alto del ropero.

Otra noche, aproveché que andaba cerca el marido de Elisa Febrero. Iba cabizbajo, mirando al suelo,
como siempre. No vi relucir nada entre sus dedos.
Entonces, sonreí y le mostré el anillo:

—¿Buscas esto? —pregunté.

Miró la alianza de soslayo y ni siquiera se con-
movió. Estuve a punto de gritarle «¡cornudo!», de
informarle de que su esposa se dejaba visitar por el
sobrino de Olivares. Decidí no hacerlo, dejar pasar
un tiempo.

Cada día, la visión de los espectros concluía de
manera similar. Los once hombres se iban desfigu-
rando, hasta confundir sus perfiles y fundirse en una
sola nebulosa. Luego, sin dejar rastro de su existencia, la extraña nube de luz penetraba en la tierra.
Una vez más, la noche quedaba limpia.

17

A veces me preguntaba por qué Elisa Febrero no había abandonado Barreiro. Había transcurrido un año holgado desde el asesinato de Alberto y pocos lazos debían de amarrarla a este pueblo. Además, algunas de sus mejores amistades también reposaban en el interior del mapa de América del Sur. Tal vez, después de tantas lágrimas derramadas sobre la almohada, se percató de que no tenía dónde ir. Aquí, al menos, poseía una casa y dos o tres amigas. No conocía a sus padres, no sabía si tenía hermanos. Su pasado no era más que un frío hospicio y una monja con una muleta de madera. No quería ni plantearme la posibilidad de que fuese la relación con el sobrino del Olivares el motivo que la encadenase a estos valles.

La obsesión por Elisa me empujaba a menudo hasta Barreiro solo por el placer de contemplarla. Como en otras ocasiones, un jueves de invierno, decidí a ir a verla. La paradójica amistad del ángel rubio con el Chato me provocaba un dolor hasta entonces insólito. Yo era el dueño del anillo y, tarde o temprano, tendría que reclamar lo que era mío. Estaba convencido de que esa era la voluntad de Alberto, de que contaba con su beneplácito para entablar una relación. Hacía meses que había cumplido los quince; quizá, si hubiese tenido dos o tres años más, hubiera sido sumamente fácil ofrecerle mi brazo o pedirle que viniese conmigo a América, a empezar juntos una nueva vida. Pero yo solo tenía quince años y ella andaba ya por los veintitantos; era consciente de que mi propuesta podría resultar grotesca. O quién sabe si peligrosa: la máscara de hierro no se andaba por las ramas a la hora de arrebatarle la mujer a otro hombre.

Con frecuencia, me masturbaba en la cueva. Apenas deslizar la yema del dedo por encima de las cinco letras grabadas en el anillo, ya sentía cómo la pasión reventaba dentro del pantalón. Para aliviar mi fogosidad, ya no necesitaba recurrir al recuerdo de la estampa en el cartel de chapa que anunciaba el jabón; además, aquella mujer del dibujo no se le parecía en nada. Ahora tenía grabada en mi memoria su imagen al natural. Solo con cerrar los ojos y apretar con fuerza, Elisa venía a mí. Soñaba con sus delicadas manos, con la costura que recorría sus largas piernas, con el tono perfecto de su voz. Una y otra vez, regresaba a mi pensamiento su imagen, viéndola fumar dentro de una nube de humo blanco.

En ocasiones, me imaginaba subido a una escalera frente al anuncio de la fachada de la droguería. Con un pincel, retocaría los gestos, alargaría la melena y teñiría de color miel el cabello de la modelo. No cesaría de mezclar colores y dar brochazos hasta lograr que se pareciese a Elisa.

Sin saberlo, Ojopirri con sus historias había colocado los cimientos de mi futura fascinación por aquella mujer. Aunque, desde el día en que el destino puso a mis pies el anillo de bodas de su marido, la obsesión por ella fue aumentando en mi interior hasta convertirse en un indomable potro. Lejos de calmarse, mi pasión se agrandaba por momentos, como un ser gigantesco que acabara de despertar. Unos días antes, puse en práctica otra de las prodigiosas fórmulas de *El manual escarlata*. Con ramitas de cedro, mezcladas con moco de caracol, logré una cataplasma que apliqué sobre mi pene y mis testículos. Durante una hora, lo mantuve todo envuelto en un trapo limpio y seco, a modo del suspensorio que Cristo lució en la cruz. Como después he constatado a lo largo de mi vida, con el empleo de esta sencilla práctica, el libro garantizaba, incluso durante la vejez, un inagotable vigor sexual y el desarrollo de un órgano genital de envidiable envergadura.

Ese jueves, aguardé durante horas a que Elisa apareciese en su portal. Para la ocasión, me había esmerado en el aseo y colocado ropa limpia. El automóvil de color granate permanecía estacionado frente a la vivienda. Finalmente, se abrió una de las hojas de la puerta. Apareció sola, sin la compañía del chulo. Una vez más, me dispuse a vivir un momento mágico. Echó el cerrojo con parsimonia —clac, clac— y tomó con garbo la dirección contraria a donde me encontraba. Esperé que avanzara unos metros y la seguí. Ojopirri llevaba razón. Un ángel deslizándose por las calles empedradas de Barreiro. Al llegar hasta mí, la estela de su perfume me hizo cerrar los ojos y andar a ciegas. Por un instante, creí caminar tras ella por el cielo.

A cien metros de su casa, se detuvo; y yo, para disimular, me arrodillé sobre el suelo y tanteé mi alpargata. Rebuscó en el bolso, hasta encontrar la pitillera. Entonces, contemplando su perfil, la vi colocar un cigarrillo sobre sus labios y acercar hasta él el fuego de una cerilla. Nunca había visto un rostro tan perfecto. Una extraña sensación de vértigo que hasta entonces nunca había sentido a punto estuvo de derrumbarme. La bocanada de humo que salió de su boca la envolvió en una volátil nebulosa que, de pronto, me hizo recordar a los muertos que habitaban el barranco de Castro.

Elisa fue recorriendo calles, doblando esquinas. Deteniéndose en escaparates, saludando a conocidos. Y yo tras ella, siguiendo su rastro, pidiendo al cielo que hiciese eterno aquel paseo...

Desperté del viaje celestial cuando se detuvo frente a la puerta del salón de belleza Gertrudis y se perdió en su interior. Al leer el nombre de la dueña del establecimiento, despejé algunas dudas. La novia de mi hermano estaba en lo cierto: la peluquera de Elisa era la alcahueta que había empujado a la viuda de Alberto hacia los brazos del Chato. No debió de ser una empresa difícil para un par de aves carroñeras. Una mujer débil, una vida hecha escombros. La trampa de la invitación a tomar café. La visita imprevista de un conocido. Un hombre apuesto y atento. «Alberto está muerto: ya no puedes hacer nada por él», «No seas tonta: la vida continúa», «Tienes que vivir».

18

Desolado, tras la desilusión vivida al ver entrar a Elisa Febrero en la peluquería de Gertrudis, decidí regresar al chamizo. Aún faltaban unas horas para que cayese el sol. Al llegar, encontré a la pareja de la Guardia Civil gritándole a mi hermano. Empleando malas formas, preguntaban por gente rara, por emboscados.

—Si me entero que prestáis la más mínima ayuda a esa gentuza... —dijo el del bigote, amenazándonos con el fusil— ya sabéis lo que os espera.

—No se preocupe, señor. A la más mínima, daremos parte —apuntaba Negrillo, cohibido, con la gorra en la mano.

Parecía que se marchaban y nos dejaban en paz, cuando dieron la vuelta y comenzaron a inspeccionarlo todo. Entraron al chamizo y husmearon entre las ropas colgadas en el exterior.

—¿Y este perro? —preguntó el cabo, mientras apuntaba a *Fetén* con el cañón de la escopeta—. Este no es pastor; es un perro de caza.

Comenzó a dar voces como un perturbado y a acusarnos de utilizar a *Fetén* para la caza furtiva en el bosque. Nosotros decíamos que no, que era un ovejero, el guardián del rebaño. Éramos pastores, no cazadores. El civil continuaba tan enfurecido que, en esos momentos, pensé que iba a matarlo de un tiro. Así que me coloqué delante del perro, protegiéndolo. Entonces, el otro guardia, el del bigote, ordenó a voces:

—Venga... ¡Ahorcadlo!

No daba crédito a la orden que había escuchado.

El animal, ajeno a la tragedia que lo amenazaba, empezó a ladrarles. Le di un fuerte puntapié al perro y le grité varias veces que huyera. «¡Corre! ¡Corre!» Pero el imbécil continuó allí, plantando cara a la Benemérita y ladrando. En ese momento, el cabo me propinó un culatazo en el hombro que me lanzó al suelo. Cargó el fusil y pegó el cañón a mi pecho.

—¡Ahórcalo! ¡Me cago en la puta! —vociferó, con la mirada desorbitada.

Negrillo, asustado, llamó al perro. Hizo un lazo con la soga y, mientras acariciaba el lomo de *Fetén* para calmarlo, se la ajustó al cuello. Entonces, pasó la cuerda por encima de la rama de un árbol. A modo de despedida, le estampó un beso en la cabeza, entre las orejas. Sin mirar y con lágrimas de impotencia resbalando por su mejilla, tiró con todo el ímpetu de la soga.

Fetén comenzó a mover las patas y a dar espasmos en el aire. Yo continuaba echado en el suelo, amenazado por el cañón de la escopeta del guardia, contemplando impotente la tragedia. Entre llantos, supliqué al del bigote que le disparase, que, por favor, no alargara más el sufrimiento del animal.

—No pienso desperdiciar tiros con un perro —afirmó, colgándose al hombro la escopeta—. Las balas las guardo para los Lajara.

El perro continuaba dando ligeros espasmos, que originaban grandes sacudidas en mi interior. A pesar del horror que me producía la escena, hice un esfuerzo y no dejé de mirar a los inmensos ojos de *Fetén* hasta que mi hermano, con una estaca y de manera salvaje, comenzó a destrozarle la cabeza a golpes, para acortar su agonía. Es letra en el monte... A pesar de que gotas de su sangre salpicaban mi rostro y mi camisa, resistí impasible, acompañándolo hasta el final, hasta que cesaron los trágicos espasmos. Me impresionó la larga lengua que se derramaba por el lateral de su boca. Sufrir juntos el dolor de su muerte fue lo único que pude hacer por él.

19

La muerte de nuestro perro me arrastró a un estado de desolación. Veía como el mundo se iba derrumbando inexorablemente a mis espaldas. No lo dudé. Enterré a *Fetén* bajo el cedro escarlata. Como indicaba *El manual*, antes de cubrir su cuerpo con tierra, le introduje dentro de la boca una piña que, con anterioridad, había mantenido inmersa en agua bendita durante el tiempo que se tarda en rezar un credo. Al tercer día de estar sepultado, ya lo escuchaba ladrar a la luna; y, a la semana, comenzó a acompañarme en las visitas nocturnas a los fusilados. Resultaba curioso contemplar un perro de nebulosa. Ahora, como también estaba muerto y con cara de ahorcado, se adentraba en el terreno removido y olisqueaba las ropas y el sexo de los difuntos. Le gustaba situarse junto a un tal Nebrija, un barbero de ideas anarquistas que solía acariciarle la cabeza y le dejaba lamer su mano. ¡*Fetén*! Aún lo recuerdo. Nunca volví a tener un perro así.

Aunque nada de esto le contaba a Negrillo, a veces pensaba que mi hermano llevaba razón: yo era un fantasioso que vivía en un mundo inventado, apartado de la hosca realidad. Pero, al rato, esa sensación desaparecía y me sentía contento de ser un iluso.

Mientras él se conformaba con una mujer mellada, un rebaño de ovejas y vivir confinado entre cuatro montes, yo soñaba con ángeles rubios, viajes transatlánticos y una tierra infinita, colmada de riquezas.

Por un comentario suyo supe que, de los once presos, el herrero fue el último en ser detenido. Al parecer, cuando se enteró de que lo buscaban, huyó armado al bosque. Debió de permanecer oculto en algún escondrijo, pues a lo largo de siete días no encontraron rastro de él. Lo acusaban de haber forjado en su fragua un emblema comunista. Tras una intensa búsqueda, la autoridad pensaba que había logrado burlar el cerco y alcanzar la montaña para unirse a los primos Lajara. Cuando, por una casualidad, lo cazaron en el valle, el huido iba desarmado. El escudo de hierro nunca apareció.

La noticia hizo que, esa madrugada, a la hora del paseo de los fusilados, localizara dentro del grupo al herrero y le espetara:

—Era tuya la cueva del bosque. ¿Verdad? —le pregunté una vez que el cúmulo de neblina que vagaba por el terruño tomara forma y aparecieran nítidamente los cuerpos de los difuntos.

Como si no me hubiese escuchado, continuó deambulando sin contestar.

—¿Te llamas U. H. P.? —volví a preguntar y tampoco obtuve respuesta. Me percaté de que andaba siguiendo el borde del continente por la línea de costa y que comenzaba a murmurar en voz baja. Los otros vagaban por el mapa sin rumbo, de manera aleatoria.

Me situé junto al herrero, más o menos a la altura de Venezuela, y continué caminando a su lado;

hablaba de *El manual escarlata*. El libro pertenecía a su familia desde hacía sesenta años. Una tribu de gitanos errantes, que recorría Europa en carro, entregó el tratado a su abuelo como pago por un encargo: un estrambótico armazón de hierro con forma de arpa. Mientras avanzábamos hacia el sur, recorriendo la costa de Brasil, el herrero, al que le brillaba mucho la sangre del orificio de la cabeza, se mantuvo callado. El muerto continuó andando hasta detenerse justo en el estuario del Plata; con voz monótona, contó que los gitanos pensaban confeccionar las cuerdas del instrumento con las raíces invisibles de un cedro escarlata. El viento, al penetrar entre los hilos, se transformaría en extravagantes sonidos. Unas veces, sonaría como el canto de las sirenas; otras, como las olas de un mar lejano. En ocasiones, se escucharían increíbles cuentos narrados en lenguas extrañas.

Le hice varias preguntas más, pero el herrero enmudeció y echó a andar en silencio. Doblamos juntos el cabo de Hornos y subimos bordeando el mapa hasta el norte de Chile. Luego, sin despedirse, se alejó de mí adentrándose en la selva amazónica.

Entonces, vi acercarse a Alberto. Pensaba que, como otras veces, iba a pasar de largo. Pero no. Se detuvo frente a mí, con la mirada perdida en el horizonte.

—Hola, Alberto —le saludé, sin obtener respuesta alguna.

Como no se marchaba, pensé que quizá quería tener noticias de su esposa; saber cómo se encontraba, qué había sido de ella durante el año largo que no la veía.

—El otro día vi a Elisa —le dije—. Continúa tan guapa como la dejaste. Salió de vuestra vivienda y fue paseando hasta la peluquería de Gertrudis. Dicen que las primeras semanas después de tu fusilamiento estuvo muy mal. Perdió mucho peso y el doctor Dueñas estuvo un tiempo muy preocupado por su salud. Le costó recuperarse, pero ahora está bien. No sé si debo contarte un rumor que corre de boca en boca por Barreiro. ¿Quieres conocerlo? —El difunto ni se inmutó; continuó con la mirada ausente—. Un hombre, el sobrino de Olivares, ronda desde hace un tiempo a tu mujer. A mí no me gusta nada ese tipo y creo que a ti tampoco.

Alberto no se impresionó al escuchar la noticia. Continuaba de pie frente a mí, como un pasmarote.

—¿Quieres que le dé algún recado? —pregunté más por romper cl silencio que por esperar una respuesta. Lo que no me atreví a confesarle fue que yo estaba enamorado de ella.

Entonces, sucedió algo insólito. El presidente del Ateneo Republicano comenzó a entonar una canción. Un viejo tango. *Caminito.*

Caminito que el tiempo ha borrado,
que juntos un día nos viste pasar,
he venido por última vez,
he venido a contarte mi mal...

Si la entonación fue lamentable, mucho más lo fue el espectáculo que protagonizaron don Alejo y mi vecino, Pepe Alba. Nada más escuchar las primeras notas, se tomaron por la cintura como dos borrachos y comenzaron a bailar el tango sobre aquel pedregal.

No llegaron a caer al suelo, pero en un par de ocasiones pensé que perdían la verticalidad y se estampaban contra la superficie de la fosa. No podía creer que aquel espantajo, que se dejaba caer de espaldas como una porteña, era el severo maestro que años antes me levantaba del pupitre tirando de las orejas porque me distraía mirando las formas de las nubes por los cristales.

20

Ese día me desvelé temprano. Un sonido de cascabeles llamó mi atención. Me puse en pie y salí fuera del chamizo. El canto me condujo hacia el cedro escarlata. Enseguida descubrí un grupito de seis o siete chazarrines posados sobre una rama, cerca del nido donde un día coloqué el anillo. Durante unos minutos, quedé embelesado escuchando aquel tintineo tan musical, con el corazón vagando por paraísos inconcretos, a merced del viento. Solo cuando los pajaritos enmudecieron y echaron a volar, regresé al mundo.

El vuelo de la bandada era lento, como el de las mariposas. Un impulso impreciso me hizo salir tras ellos. Fue entonces cuando comprobé emocionado que las aves se dirigían a Barreiro. Con el ritmo del corazón alterado, los pies ligeros y la mirada alzada al cielo, corrí desbocado hacia el pueblo, sin perder de vista al grupo. Troté por caminos, atravesé huertos y salté sobre el cauce de un pequeño riachuelo. Siempre, sin bajar la mirada.

Los chazarrines me llevaron hasta el portal de Elisa y se posaron sobre la barandilla de su balcón. Llegué jadeante, fatigado por la carrera, y descansé apoyado sobre la fachada de la casa de enfrente. De pronto, el automóvil de Elisa hizo su aparición en la calle. De lejos detecté la melena rubia, la tez pálida y los labios rojos.

Se detuvo frente al domicilio y, al cesar el ruido del motor, sentí los nervios agolpados en la garganta. Lo recuerdo todo ralentizado. Primero, se abrió la puerta y, lentamente, fue apareciendo una pierna enfundada en unas medias de nailon. Después, como una diosa que emerge de las aguas, Elisa fue saliendo del vehículo hasta quedar completamente de pie. Cerró el coche con suavidad y se dirigió sin prisa hacia el portal de su vivienda. Antes de entrar debió de escuchar el tintineo de los cascabeles, porque se detuvo y miró hacia el balcón.

Entonces, supe que aquel era el momento y reclamé a voces su atención:

—¡Elisa! ¡Elisa!

Al escuchar su nombre, dio la vuelta y miró sorprendida. No me conocía. Era la primera vez que posaba la vista en mí. El corazón empezó a latirme al ritmo de una locomotora. A paso ligero, aunque firme, fui avanzando hacia ella, que aguardaba mi llegada con gesto risueño en medio de la calzada.

—Hola —dije con la mejor de mis sonrisas. Al tenerla tan cerca, me di cuenta de que aún era más bajo que ella. Si acaso, le llegaría a la altura de la nariz. Me pareció todavía más hermosa que en las otras ocasiones en las que la había contemplado.

—Hola, muchacho —respondió con voz seductora (en sus palabras iba implícita la pregunta «¿qué deseas?»). Empleó una dicción tan perfecta que a punto estuvo de derrumbarme. Detuve la mirada en su rostro. Todo me pareció increíble. La carne de los labios, la elegante forma de la nariz, el color rosado de las mejillas.

—Creo que te gustaría ver esto —revelé a la vez que le alargaba el anillo.

Lo tomó con suma delicadeza, sin sospechar que era igual al que ella aún conservaba en el anular. Durante las décimas de segundo que permaneció observándolo, la blancura de sus manos me recordó a la porcelana; al igual que la gracia de los dedos y el pulido de las uñas. Encontré a Elisa espléndida.

De pronto, sin dejar de mirar fijamente el anillo, el rostro se le transformó. Con una voz entrecortada, entre balbuceos, como si hubiese descubierto un objeto extraído del infierno, preguntó:

—Pero... pero ¿de dónde has sacado esto?

Sin dejar de sonreír, conté mentalmente hasta tres antes de dar la contestación.

—Me lo ha dado un muerto —dije muy seguro, mirando a sus ojos llenos de espanto—. El muerto se llama Alberto. «A partir de ahora, Elisa es tuya. Cuídala», me ha dicho.

Como si la alianza le hubiese quemado la mano, la dejó caer al suelo y huyó calle arriba, envuelta en pánico. La vi dando traspiés, agarrándose a las paredes para mantenerse erguida, mirando hacia atrás con terror, dando inútiles golpes en las puertas, intentando encontrar un refugio en el que ocultarse de un horror invisible.

Pensé que no era momento para seguirla, para acompañarla a un café y charlar, para contarle que Alberto le enviaba una canción. Al menos, ahora, ya sabía quién era yo. Y cuáles mis pretensiones.

Recogí el anillo del suelo, lo froté varias veces en mi ropa y besé su nombre. Contento por el encuentro, volví a introducirlo en mi dedo anular.

21

—¿Cómo se debe abrazar a una mujer? —pregunté a la novia de mi hermano, una tarde en la que estábamos solos. Debía tenerlo todo previsto, para no mostrarme titubeante en el momento del encuentro definitivo con Elisa. Para comportarme ante ella con decisión, como un hombre experimentado.

Al escuchar la pregunta, solo sonrió. Sin decir una palabra, se acercó muy despacio y pegó su cuerpo al mío hasta quedar fundidos. Sentí el calor de su carne. Tomó mi mano izquierda y, rodeando con mi brazo su cintura, la afianzó sobre su espalda. Luego, asió con delicadeza la derecha y se la acercó a los labios. Besó con vicio los dedos, uno a uno. Por último, deslizó la mano muy despacio por su cuello y la guio hasta su pecho, comenzando a frotarlo. Lo recuerdo duro como un limón.

Entonces, pegó su boca a la mía. Aún retengo en la memoria la humedad de nuestras lenguas.

A los pocos segundos, escuchamos los pasos de Negrillo subiendo por el sendero. Carmita me dio un empujón y se alejó varios metros de mí.

Quedé plantado entre los dos, relamiéndome los labios.

22

La novia de mi hermano venía cada vez con mayor asiduidad al refugio. Con mando, intentaba, y lo conseguía, poner algo de orden en aquella pocilga, que apenas se distinguía del lugar donde cobijábamos a los animales. Barría la tierra del suelo y la rociaba con manotadas de agua; cambiaba los colchones de sitio y aireaba las ropas colgándolas en los árboles del exterior. A Negrillo le placía ver a su muchacha trajinar en nuestra cabaña. Sentado en una enorme piedra, con cara de lelo, pasaba horas mirándola trabajar. Yo no. Nunca he permitido que una mujer me domine y prefería largarme a dejarme manejar. Me refugiaba un rato en la cueva o bien abría la puerta del corral y salía con las ovejas de pasto.

Si era primero de mes, acudía al cementerio a visitar a mis padres. Mientras arrancaba las malas hierbas que crecían sobre ellos y remarcaba con el carboncillo sus nombres y la cruz, les informaba de las novedades del pueblo y de las conversaciones que mantenía con los espectros de los fusilados. «Mamá —le decía—, ya no me dan miedo los muertos». En una de las visitas, sembré entre las dos tumbas doce piñas de cedro escarlata, pero habría que esperar hasta la noche de San Juan para comprobar si, finalmente, una de ellas lograba germinar. Lo hice pensando en que, quizá, alguna madrugada podría ver a mis padres vagando por el cementerio. Siguiendo las estrictas instrucciones que aparecían en el libro, cavé un pequeño pozo en la tierra y lo aboné de forma generosa. Luego, arranqué los doce frutos del cedro, que representaban a los doce apóstoles que merendaron con Jesucristo en aquella última cena, y, nombrándolos uno a uno, los fui introduciendo en el hoyo. Pedro, Lucas, Mateo... Dejé a Judas para el final y, antes de meterlo en el agujero, le escupí.

Un día, cuando regresé del cementerio convencido de que Carmita ya se había marchado, escuché sonidos extraños en el interior del chamizo. Me acerqué y descubrí a mi hermano, sin pantalones, echado sobre su novia, que gemía fuera de sí. No supe qué hacer. Sin moverme, me quedé observándolos en silencio, procurando no hacer ruido. Aunque enseguida se percataron de mi presencia y no tuve tiempo de reaccionar.

Negrillo salió primero. Ya se había vestido y colocado el calzado. Avergonzado, ni siquiera saludó. Tampoco yo me atreví a sostenerle la mirada. Se dirigió a echar un vistazo a las ovejas. Ella aguardó un rato dentro, recomponiéndose el vestido con mucha coquetería. No pareció importarle el que los hubiera sorprendido retozando.

—Hola, Marcial. Un día hermoso, ¿no te parece? —me dijo a modo de saludo, mostrándome una sonrisa cómplice. Sin añadir nada más, salió en busca de mi hermano.

Seguí sus pasos con la vista. La encontré más deseable que nunca. Pero aún no había perdido la imagen de Carmita entre las ramas que invadían la vereda, cuando vi aparecer a la Guardia Civil. Desde la muerte de *Fetén* se me erizaba la piel cuando me topaba con la aciaga pareja. Ante la inesperada visita, Negrillo y su novia regresaron al momento.

—¿No seréis alguno de vosotros el muchacho del anillo de doña Elisa? —preguntó el cabo de malos modos, antes de dar los buenos días.

Negrillo, perplejo por la pregunta, se encogió de hombros y frunció el gesto. No le había comentado nada del encuentro.

—¿Qué pasa? ¿No vais a responder? —apretó el guardia. Después de pensarlo un poco, contesté.

—Sí, soy yo —le dije mientras ocultaba la mano donde llevaba colocado el anillo. Mi hermano me miró confuso; no sabía nada de la visita a la viuda de Alberto.

Creí que venían a quitármelo. Pensé que había pecado de incauto. Después de mostrarle la alianza a Elisa debía haberla escondido en la cueva y decir que la había extraviado.

Tras insultarme, se lamentaron de haber empleado dos días intentando localizar al pilluelo que molestó a la señora en la puerta de su casa. «Debimos suponer que erais uno de vosotros dos.» Al parecer, el alcalde quería verme.

Me agradó el saberme importante; el que el alcalde anduviese buscándome. Le dije que algún día, «cuando pueda», me pasaría por el Ayuntamiento.

Sin más comentarios, el guardia del bigote se vino hacia mí y me propinó una bofetada, lanzándome de espaldas al suelo.

—¡Levántate y arreando, hijoputa! —vociferó el cabo—. ¿Quién te has creído que eres? El alcalde no espera.

Entre mi hermano y Carmita consiguieron ponerme en pie. Me sangraba el labio. Negrillo les suplicó que me dejasen, que no era un mal muchacho, que lo que ocurría era que tenía la cabeza llena de tonterías.

—Si continuáis creando problemas —amenazó el guardia—, nos veremos obligados a prenderle fuego a este chiquero. Así os marchareis a dar el follón a otro valle.

—¡Voy a arrancar el cedro!, ¡te lo advertí! —escuché gritar a mi hermano a lo lejos cuando me llevaban los civiles al pueblo—. ¡Voy a arrancar ese maldito cedro!

No me importaron sus palabras: estaba convencido de que no se atrevería. Por el camino, el cabo me obligó a entregarle el anillo.

En lugar de conducirme al Ayuntamiento, me llevaron al domicilio del alcalde. Nunca había entrado a una casa como aquella, con cortinas, sillones tapizados y alfombras. Una criada gorda nos guio hasta un imponente despacho lleno de libros y de cuadros. Tras esperar unos minutos, apareció don Jaime. Los guardias se pusieron en pie y me obligaron a hacerlo también a mí. El cabo depositó con cuidado la alianza sobre la mesa.

—¿Qué tal, joven? Me han dicho que te llamas Marcial —ante la extrañeza de los guardias, el alcalde me estrechó con vigor la mano e invitó a que me sentara a su mesa. Desde el primer momento, noté que pretendía dar un tono distendido y relajado a la charla, lo que me extrañó, sobre todo después del trato recibido por las dos bestias del tricornio.

—¿Sabes, Marcial?, nos ha costado dar contigo. Doña Elisa solamente se refirió a ti como a un muchacho raro, pero no sabíamos dónde encontrarte.

Siguió hablando y hablando. Me sermoneó con la importancia —la necesidad, en mi caso— de colaborar con las autoridades. «Ir con la verdad por delante es lo primordial en esta vida, Marcial». Luego, el alcalde tomó la sortija entre las manos y comenzó a darle vueltas y a observarla.

—Bueno, vayamos al grano: ¿qué bobadas son esas de que este anillo te lo regaló un muerto? —preguntó sonriendo—. No deberías ir por ahí asustando a las mujeres. La pobre doña Elisa está muy preocupada.

Guardé unos segundos de silencio, para conferir a mi respuesta un mayor énfasis.

—No son bobadas y Elisa lo sabe —expliqué—. Por eso está inquieta.

Me agradó saber de su sufrimiento. La imaginé llorando sobre la cama, con los ojos hinchados por el llanto; lamiendo el sabor amargo de sus propias lágrimas, escondiéndose de un peligro impreciso, de un monstruo que la devoraba desde su interior.

—Te recuerdo que debes decir la verdad.

—Sí —respondí muy serio, y volví a reafirmar mis palabras—. El anillo me lo dio un muerto. Dijo que era su alianza de boda. Casi todas las noches hablo con él.

—¿Y cómo se habla con un muerto? —preguntó con sorna.

—Igual que con un vivo; con la boca —declaré con descaro. A don Jaime no debió de gustarle el tono de mi contestación, porque hizo un gesto al cabo, que lo incitó a que se acercara por detrás y me propinara un pescozón.

—Niño —dijo el guardia—. A ver si me tengo que cagar en la puta.

—¿Y no te da miedo conversar con un difunto? —comentó riendo el alcalde, como burlándose de mí.

—No —repliqué al momento—. Y eso que no anda solo por ahí: con él, siempre van otros diez muertos.

Don Jaime cambió el gesto al escuchar la información. Lo descubrí intercambiando una mirada cómplice con los guardias. El detalle de la cifra exacta de espectros logró cambiar el tono de sus preguntas.

—¿Estás seguro de que son once?

—Segurísimo. Los he contado varias veces. Los conozco a todos: además de Alberto, el marido de Elisa Febrero, está Nebrija, el herrero, don Alejo, Pepe Alba...

—¡Basta! ¡Basta! —me interrumpió aturdido, lanzando hacia atrás la silla donde se encontraba sentado y poniéndose en pie. En ese instante de la conversación supe que la situación empezaba a ser mía. Continué desconcertándolo al especificarle que los muertos vagaban por la zona del barranco de Castro, el paraje donde él sabía que habían sido fusilados, y que, cualquier noche, podrían dirigirse a Barreiro—. Son como la Santa Compaña y claman justicia —en cada una de mis respuestas, intentaba dar un dato cierto, que lograra confundirlo y rodear mi declaración de una aureola de verosimilitud.

—Pero entonces, ¿están vivos o están muertos? —preguntó dando un golpe sobre la mesa. Tenía el ánimo completamente perturbado.

—Están muertos, con el cuerpo agujereado por disparos, pero ocurre algo extraño: hablan y andan como si estuvieran vivos —respondí, levantándome también yo del sillón y acercándome a él—. Están como revividos.

—¡Siéntate! —ordenó a gritos.

Comenzó un tiroteo de preguntas al que yo respondía con escuetos monosílabos. Sí. No. No sé. Que si tenían un jefe, que si hablaban del alcalde, que si culpaban a alguien de sus muertes... Recuerdo verlo permanecer callado, repasando en silencio las cosas que le contaba. En un momento concreto, comenzó a negar repetidamente con la cabeza.

—¿Muertos que vagan por las noches? ¡Esto es ridículo, una tontería! ¡Joder! Yo también me estoy volviendo tonto —dijo, sin dirigirse a nadie y elevando la voz. Luego, volvió a sentarse en la silla del despacho y permaneció un rato pensando. Finalmente, preguntó—: ¿Y qué demonios es lo que quiere esa pandilla de difuntos, si puede saberse?

Me encogí de hombros y repliqué que por qué no se lo preguntaba él mismo, acudiendo cualquier noche al barranco de Castro. Entonces, centré el asunto en el punto que me interesaba.

—No conozco las pretensiones de cada uno de ellos, aunque sí sé lo que desea Alberto.

—¿Y qué es lo que desea? —preguntó impaciente.

—No le gusta que Elisa, su mujer, ande por ahí con el tipo de la nariz de plata.

—¡Dios mío! —exclamó, sujetándose con las manos la cabeza—. ¿Cómo puede saber Alberto lo del Chato con su mujer? ¿Quién se lo ha dicho?

23

Al día siguiente del encuentro en la casa del alcalde, todo el pueblo conocía el contenido del interrogatorio. A partir de ese momento, yo era «el amigo de los muertos», y la gente comenzaba a respetarme, más incluso que si llevara colocado el uniforme de la Benemérita. Creo que hasta empezaban a temerme.

Carmita apareció muy nerviosa en el cobertizo. Su padre había escuchado decir barbaridades en la plaza. El pueblo estaba tenso: nadie dudaba ya de que los detenidos nunca llegaron a la prisión de Burgos. Se comenzaba a hablar de una maldición caída sobre Barreiro por el fusilamiento de los once vecinos. A pesar de que nadie abandonaba su casa por la noche, de que cancelas y ventanas quedaban cerradas bajo siete llaves, todos tenían miedo. «¿Quién pone puertas a un muerto?», se preguntaban. Tomás, el tonto, había sido agredido esa misma mañana, cuando comenzó a lanzar pedos en memoria de los difuntos, como venía haciendo cada día para regocijo de todos. A nadie hacían gracia ya esas bromas. Algunos, que semanas antes lucían triunfantes la camisa de Falange, la dejaron colgada en el fondo del armario y otros muchos se deshicieron de los símbolos fascistas que exhibían en sus domicilios para demostrar el afecto al nuevo régimen. El único que continuaba firme en su actitud era el cura. Don Andresín se negó a retirar la camisa azul con la que había ataviado al Cristo de la Luz, que presidía la iglesia.

—Mi padre dice —comentaba preocupada la hija del panadero— que esta situación es peor que la que se vivió en la comarca, hace veinte años, cuando apareció el Kurchú.

Mi rostro no podía ocultar la satisfacción que sentía. Oír todo aquello me complacía, aunque me limitaba a sonreír y a dar vueltas al anillo en mi dedo anular. Había recuperado la alianza, antes de salir del despacho de don Jaime, aprovechando la confusión creada. Tenía el presentimiento de que Elisa Febrero estaba más cerca que nunca de ser mía.

Lo que no esperaba fue la reacción de mi hermano. Mientras su novia contaba los disparates que corrían de boca en boca y los descabellados comportamientos de algunos vecinos, él me miraba con el semblante muy serio.

—¡Estás loco y nos vas a volver locos a todos! —dijo, enfadado por mi cínica sonrisa—. ¿Qué pretendes? ¿Qué clase de mentiras son esas que vas contando, que los muertos del barranco han revivido y que hablas con ellos cada noche?

Su enfado fue creciendo en forma de espiral. Comenzó a gritar como un demente, a asegurar que mis fantasías iban a provocar nuestra ruina, a culpar de mi demencia al árbol de los gitanos.

—¡Esto lo arreglo yo! —dijo con la furia asomándole por la mirada.

En un arrebato, entró en la cabaña, tomó el hacha y se dirigió a donde estaba el cedro escarlata. No me moví del peñasco donde estaba sentado, porque, sinceramente, creí que no se atrevería a hacerlo. Aunque lo hizo.

—¡¡No!! —le advertí, cuando lo vi acercarse al árbol.

Pero no me hizo caso y le dio una fuerte tajada al tronco. Y, luego, otra. Y otra. Entonces, antes de que continuara, me abalancé sobre él y lo tiré al suelo. No recuerdo haber mantenido nunca otra riña como aquella entre nosotros. Después de un intenso forcejeo, le arrebaté la criminal herramienta. Había sentido los golpes propinados a la madera como si los hubiese recibido yo en el pecho. Ofuscado por el dolor, perdí la razón. La cólera se apoderó de mí. No sé lo que me ocurrió, pero no era yo el que peleaba. Con mi hermano indefenso en la tierra, rendido, levanté el hacha y, de no haber sido por su novia, que apareció por detrás y logró asir el mango, seguro que lo habría matado de un golpe en la cabeza. Cuando volví en mí, vi el horror en la cara de Negrillo.

Tras unos momentos de confusa tensión, aún jadeante, aunque más calmado, consciente de mi peligrosa obcecación, me fui a los riscos y lancé el arma fratricida al fondo del barranco. Carmita levantó a Negrillo del suelo. Abrazados y sin decir nada, sin volver la vista atrás ni cruzar una mirada, se perdieron por la senda que llevaba al pueblo.

El cedro sangraba por la herida. Los tajos eran profundos y una sangruza roja y espesa se derramaba lentamente por la corteza del tronco. Hacía calma, pero, al igual que si soplase un fuerte viento, el árbol se vencía a un lado y a otro, como retorciéndose; y el aire que se colaba entre sus minúsculas hojas silbaba aullidos de dolor. Para frenar la hemorragia, tomé un manojo de sus propias ramas y lo coloqué sobre los cortes; luego, me arranqué la manga del jersey. Con ella confeccioné una venda que apliqué sobre la zona dañada. No tardó en calmarse.

Permanecí sentado junto a él el resto de la jornada, velando su dolor. Me sentía cansado, muy cansado. No comí; con la espalda apoyada en el tronco herido, miraba a la tierra removida y pensaba en mi hermano, en América, en Elisa, en los pechos duros de Carmita y en el enorme poder que me había procurado aquel hermoso cedro.

Lentamente, el cielo se puso oscuro y apareció una enorme luna. Negrillo no regresó.

24

Más temprano que otras noches, oí trajín en el barranco. Se escuchaban borrosas voces, confusos vítores y lejanos aplausos. El espectro de *Fetén* apareció moviendo la cola y, juntos, bajamos a visitar el animado sepulcro. Fue asombroso. Por primera vez, los vi a todos inmóviles, sin vagar como autómatas por el territorio. Permanecían apiñados en un rincón, atentos a la intervención de uno de ellos. Enseguida me di cuenta de que los difuntos estaban de asamblea. No quería molestar; me situé en una esquina y sujeté al perro para que no penetrara en el mapa de América del Sur a olfatear el culo a los muertos. La verdad, en un principio no presté atención a los discursos; hablaban de forma grandilocuente de asuntos políticos que a mí nada me interesaban. Se sucedían los turnos de palabra y las votaciones a brazo alzado. Mi mente seguía enredada en lo ocurrido aquella mañana; me dolían las diferencias surgidas con mi hermano, su proceder con el cedro y, sobre todo, mi encolerizado comportamiento. Debimos habernos serenado antes de actuar de forma tan violenta. Tenía sueño, pero decidí aguardar unos minutos más, hasta que concluyera la reunión: esa noche, tenía que hablar con el marido de Elisa. No podía postergar durante más días un nuevo encuentro.

De repente, se armó revuelo y cambió el tono de los discursos. Todos comenzaron a aplaudir, como si hubiesen presenciado una buena faena en una corrida de toros. Daba la impresión de que la voz cantante la llevaba Alberto. El barbero Nebrija parecía el único díscolo, pero ya se sabe cómo son los anarquistas.

Don Alejo, el maestro, pidió calma.

—¡Compañeros! —exclamó en tono altisonante—, España está en guerra contra el fascismo y, aunque estemos muertos, debemos ser útiles a la República. No podemos pasar el resto de la eternidad deambulando como pasmarotes por la parcela. ¡Compañeros! ¡Basta de lamentos: pasemos a la acción!

La intervención del maestro fue acogida con vítores y aplausos por el resto de los difuntos. Sin duda, a don Alejo le había influido aquella historieta del Cid que tanto le gustaba repetir en su escuela, la de la última y victoriosa batalla contra los moros después de muerto.

—Escúchenme. —Ahora era Alberto quien, después de solicitar enconadamente silencio y lograr calmar el exacerbado ánimo de los muertos, hablaba—: Propongo crear una columna de espectros que avance con paso firme hacia Barreiro. Nuestra finalidad no será otra que la de tomar la ciudad y restablecer un orden leal al gobierno de Manuel Azaña.

La propuesta desató la euforia entre los moradores de la fosa, que comenzaron a estrechar sus manos y abrazarse.

Nebrija se mantenía al margen del exaltado optimismo de sus compañeros. Solitario, cabizbajo y con los brazos caídos, se recluía en un rincón del terruño. No tardó en aguar la fiesta al resto.

—No tenemos armas con las que luchar, con las que poder defendernos cuando entremos en Barreiro —advirtió, en tono abatido—. No tardarán en matarnos otra vez.

—¡Pero si ya estamos muertos! —le aclaró el herrero, con el orificio de la cabeza aún humeante—. No nos pueden volver a matar. Somos seres de humo: las balas pasaran a través de nuestro cuerpo, como un soplo.

—¡Eso! ¡Eso!, bien dicho. Que calle ya ese cenizo —se oía decir en apoyo a las palabras del herrero.

—Además de muertos, sois necios —volvió a hablar el anarquista—. No disponemos ni de un puñal para atacar. Solo con entusiasmo, no ganaremos la guerra.

—Calla de una vez, gafe —se oyó recriminar al fondo.

—También la opinión del compañero Nebrija merece un respeto —medió Alberto—. Ya sé que no tenemos ni revólveres ni fusiles, pero disponemos de un arma aún más mortífera: la aparición.

La propuesta volvió a cubrir de ánimo a aquel puñado de almas. Comenzaron a fluir ideas para llevar a cabo el plan. Los muertos vagarían por las calles del pueblo, golpeando con furia las puertas de las casas, haciendo estallar los cristales; se colarían en los domicilios de los contrarios por las rendijas de las puertas, escondiéndose en los armarios, abriendo y cerrando ventanas, moviendo los cuadros de las paredes. Hablaban de ocultarse debajo de las camas para después, a media noche, salir y estremecer al enemigo con un susto letal.

—¿Qué dices a ello, Nebrija? —El viudo de Elisa quiso conocer su postura.

—... Bueno —respondió a modo de aceptación, aunque sin mucho ánimo. Tres o cuatro fueron a felicitarlo por su decisión de sumarse a la mayoría, abrazándolo y dándole palmadas en la espalda.

El herrero rogó a los demás que le dejaran a él la visita a don Andresín.

—La casa parroquial es mía —exigió, paladeando el sabor de la venganza.

Los fusilados se alinearon en fila de uno y comenzaron a arrastrar sus pies en dirección a la ciudad. «¡U. H. P., compañeros!», les oía gritar con voz de ultratumba; sonreían y se saludaban unos a otros levantando el puño. Era la primera vez que los veía alegres. La columna recordaba a una de las brigadas del Quinto Regimiento que partía hacia el frente. Imponía el verlos con las vestimentas manchadas de tierra húmeda y llenas de rasgaduras; con la piel quemada por los disparos a quemarropa y el brillo de la sangre en las heridas. Resultaba hermoso contemplar la vitalidad mostrada por los difuntos, su capacidad para seguir soñando con una España diferente.

«Un, dos». «Un, dos». En una destartalada hilera, comenzaron a desfilar por el interior de la parcela, gritando consignas revolucionarias. Su ardor era tan contagioso que a punto estuve de sumarme a la cadena y caminar tras ellos como un columnista más.

«Un, dos». «Un, dos». El desfile continuaba recorriendo el interior del mapa, sin surcar sus límites.

Fue don Alejo el que comenzó a cantar con verdadero ardor *La Marsellesa: Allons enfants de la Patrie, le jour de gloire est arrivé, contre nous de la tyrannie...* Algunos se pusieron la mano en el pecho para entonar el himno. Quizá fue la gravedad y el entusiasmo de sus voces, el enaltecido gesto de sus rostros al entonar los versos, lo que me hizo escuchar el patriótico canto acompañado por los instrumentos de una banda de música. *Aux armes, citoyens. Formez vos bataillons. Marchons, marchons!...* Daban ganas de ser francés... Siempre pensé que, si España hubiese tenido un himno como el que cantan los franceses, nunca se hubiese producido la fractura entre nosotros.

—¡Adelante! ¡Marchemos! —gritó Alberto, colocándose al frente de la columna y señalando con el dedo hacia Barreiro.

Sin dejar de entonar *La Marsellesa*, encararon sus pasos hacia la ciudad. En sus caras, sucias y heridas, se apreciaba la alegría por el cercano triunfo final. «Un, dos». «Un, dos». Pero un enemigo intangible los frenó: al llegar al borde del terreno removido, algo les impidió seguir. Conforme llegaban a la orilla, se iban amontonando unos junto a otros, hasta formar un confuso pelotón. A pesar del empecinamiento, nadie conseguía atravesar la línea que delimitaba su espacio. Como si hubiese levantada una pared invisible, un muro de cristal, los muertos se estrellaban contra él en su afán por salir. Como topos. Allí, apiñados en un rincón del mapa, empujándose unos a otros, intentaban acceder al camino viejo que lleva a Barreiro.

Les costó más de un cuarto de hora tomar consciencia de que la muerte los había confinado en aquel paraje, que era su mundo, y de que nunca podrían abandonarlo. Un presidio para toda la eternidad, con la forma de un mapa. Poco a poco, desistieron de escapar del lugar donde estaban cavadas sus sepulturas y volvieron a deambular cabizbajos, con los brazos caídos y de manera desordenada. Seres ciegos en un mundo sin luz. Al rato, solo Nebrija, el barbero anarquista, seguía obcecado en cruzar los límites de América del Sur. Como un terco muñeco de cuerda empeñado en atravesar una pared, se estrellaba una y otra vez contra el muro de ladrillos etéreos.

La revuelta había terminado.

—¡Alberto! ¡Alberto! —llamé al marido de Elisa, aprovechando que pasaba languideciente a mi lado, pero ni siquiera se volvió a mirarme. Tenía que hablar con él.

Mandé a *Fetén* que le ladrara, para atraer su atención. ¡Qué perro aquel! Hasta muerto era un auténtico lince. Se adentró en la tierra removida y mordió al presidente del Ateneo en la manga de la chaqueta. Tirando de él, consiguió traerlo hasta mí. Debía actuar con rapidez: en cualquier momento, los espectros podían volverse niebla, desvanecerse y retornar a su lugar, debajo de la tierra.

—¿Te importaría que me acostara con tu mujer? —le pregunté a bocajarro, cuando lo tuve delante—. Tú ya estás muerto y para lo único que la necesitas es para que te llore.

Estaba seguro de que prefería verla entre mis brazos que entre los de ese falangista de la prótesis de plata. Haciéndose el sordo a mi pregunta, huraño como siempre, el difunto intentaba escapar, continuar errando a su aire, pero *Fetén* se lo impedía.

Aferrado con los dientes al gabán, obedecía mi orden de no dejarlo marchar hasta que no concluyese nuestra conversación. Entonces me solté los pantalones y los dejé caer hasta las rodillas: le mostré mis partes al muerto. Ya con quince años, y habiendo puesto en práctica una de las más eficaces recetas de *El manual escarlata*, tenía mis órganos bastante desarrollados.

—¿Crees que con esto podré hacer feliz a Elisa? —le pregunté, orgulloso de la envergadura de mi miembro viril, buscando el consentimiento para iniciar la relación.

El muy cabrón ni miró. Ofuscado como estaba por escapar, Alberto tiró con tanta fuerza de sí, que el perro se quedó con el pedazo de prenda en la boca.

No recuerdo nada más. Al amanecer, cuando desperté, Negrillo no había regresado. Debía de seguir dolido por mi violento impulso del día anterior.

25

Esa mañana no tenía ganas de levantarme. Antes de abandonar el lecho, y mientras miraba nuestra techumbre de ramas secas y de arbustos, vino a mi memoria un episodio que presenció Ojopirri unos años antes. Ocurrió una noche en el café Principal de Barreiro.

Elisa y su marido compartían mesa con varios amigos, todos miembros del Ateneo Republicano que Alberto presidía. Entre otros, estaban Barceló y su esposa, Juan Domingo y don Alejo, el maestro. Varias copas de vermut ocupaban la mesa y el espeso humo del tabaco envolvía la animada tertulia. Elisa apenas intervenía en la conversación; se notaba que le atraía poco la política. Ellos hablaban y hablaban de la crispación que se vivía en el país, del continuo desafío a la democracia que provocaban las derechas.

El grupo ocupaba la mesa del rincón. Ojopirri, desde otra mesa, advirtió cómo Elisa, con suma discreción, preguntaba a Alberto quién era el hombre de la nariz de plata que bebía en la barra y qué le había ocurrido para tener que ocultarla de aquella extraña manera. Él le contó al oído quién era. El sobrino de Eugenio Olivares, el industrial más rico del pueblo. También le informó que, bajo la máscara, seguro que ocultaba alguna secuela provocada por su oficio de señorito tarambana.

Ojopirri se percató de que, al menos en dos ocasiones durante la velada, Elisa sorprendió al joven de la funda de metal mirándola. Es más, lejos de apartar la mirada y disimular, el Chato le sonreía con descaro y levantaba su vaso a modo de brindis. La situación resultaba violenta teniendo a su marido al lado. Pero la insolencia del rufián no quedó ahí. En un momento dado, tras apostar algo con los amigos, se dirigió hacia la mesa que ocupaban los dirigentes republicanos y se detuvo ante ellos.

—¡Señoras! —saludó en voz alta a la esposa de Barceló y a Elisa, inclinando la cabeza. El Principal quedó en silencio, expectante. Entonces se dirigió al maestro —: Me han dicho que, la semana pasada, les intentó hacer creer a los chiquillos que la teoría de la evolución es cierta; les contó que provenimos del mono y que ese tal Darwin es un gran científico. ¿Se lo dijo en serio a los niños o tuvo que aguantar la risa al comprobar cómo se creían sin pestañear sus engaños? Señor maestro, debería darle vergüenza mentir a su edad. Hasta el día de hoy, que yo sepa, los monos y las monas solo han sido capaces de producir monitos. A lo sumo, alguna pareja de simios consiguió engendrar a un primate como usted. ¿Comparten mi opinión, señoras?

Una fuerte carcajada atronó en el bar. El sobrino de Olivares, con aire de gladiador victorioso, regresó de nuevo al corro de la barra.

La reacción de Alberto no se hizo esperar: echó su silla hacia atrás y se puso en pie.

—¡Es usted un chulo y un fascista insolente! Exijo una disculpa pública por la ofensa sufrida por don Alejo.

Federico ni siquiera se dio la vuelta ni respondió a los calificativos. Lo que llamó la atención de Ojopirri en ese tenso momento fue la actitud de Elisa. Vio a la esposa del jefe de los republicanos volver el rostro hacia un lado, para que nadie advirtiese que también ella reía el atrevimiento de aquel atractivo joven.

26

Esa mañana no llevé las ovejas al valle. Supuse que lo haría mi hermano cuando volviera de su exilio en casa de Carmita; eso si es que pensaba volver. Acudí temprano a la cueva. Estuve sopesando un rato el revólver; apuntando aquí y allá; ensayando su manejo. Estaba convencido de que conocer bien el uso del arma resultaría muy útil para labrarme un futuro en América, pese a los agoreros vaticinios de mi hermano, que aseguraba que ya no quedaba un solo indio a quien cortarle las orejas en toda la Patagonia. Maldije mi pobreza, el no disponer de dinero para adquirir dos billetes de barco y cruzar el Atlántico.

Me sentí extraño. Uno de esos días en los que te acercas a un remanso y compruebas en el agua lo solo que estás en el mundo. Sin padres, privado de la compañía de un buen perro, separado de tu mejor amigo por un inmenso océano, viendo cómo la mujer a la que amas se oculta de ti. Y sin hermano. Negrillo era la única familia que conservaba. Era consciente del esfuerzo que debía realizar para lograr nuestro acercamiento, de la necesidad de limar nuestras diferencias.

Sin cesar de juguetear con la pistola, pensé que quizá había llegado la hora de demostrar a mi hermano que no estaba loco, que por extraño que resultase de creer, todo era cierto. Decidí ir a Barreiro y desvelar a la hermana del difunto Pepe Alba el contenido de la conversación que mantuvimos junto a la fosa. Sería la mejor forma de convencer a Negrillo. Me puse en pie y eché la pistola en el zurrón.

Al abrir y descubrirme en el portal, Lorenza me hizo entrar.

—¿Has hablado con él? —me preguntó ansiosa la hermana del labriego nada más cerrar la puerta. Como todo el mundo en el valle, también ella sabía de mi trato con los ajusticiados en el barranco de Castro—. ¿Cómo está?

—¿Cómo quieres que esté? ¡Muerto! Pero una noche me confesó que los ahorros los guardaba en un pequeño baúl enterrado en la cuadra. Pensé que te gustaría saberlo.

Encontré a la hermana de Pepe demacrada. Estaba atravesando serias dificultades para sobrevivir. Mostraba la pobreza adherida al rostro. Siempre había sido él el que administraba lo poco que tenían y quien lo guardaba a buen recaudo para evitar su robo.

Ayudé a Lorenza con el pico y la pala; al principio, no encontramos nada. Hicimos dos o tres agujeros en diferentes puntos del establo y la caja verde decorada con margaritas no aparecía. Fue a mí a quien se le ocurrió ladear la cabra y probar a excavar bajo su cama de hierba seca.

—No sé si dijo Pepe que estaba donde los animales.

Enseguida di con algo duro. Yo mismo quedé sorprendido por la certeza de la revelación. Cuando abrió el cofre y descubrió el dinero, me miró como si tuviese ante ella a Jesucristo. De repente, se colocó de rodillas frente a mí y me besó la mano. Una y cien veces. Intenté retirarla, pero Lorenza no la soltaba. No cesaba de llorar. De tantos besos, me dejó la piel humedecida por las lágrimas y las babas. También yo estaba exultante: ahora Negrillo dejaría de dudar de la veracidad de mis aventuras.

La hermana de Pepe Alba no pudo contener la alegría por el hallazgo y salió a la calle a mostrar su gozo ante las vecinas.

—¡Un milagro! ¡Un milagro! ¡Marcial ha hablado con mi hermano muerto y ha hecho un milagro! —gritaba, mientras llamaba a las puertas y mostraba a todos la caja de las margaritas.

Me quedé un rato en la cuadra cubriendo con tierra los hoyos y ordenando los trastos que habíamos ladeado. Al regresar a la cocina, había tres vecinas allí de pie, que me miraban con ojos expectantes. Con sumo respeto, se acercaron y, una tras otra, besaron mi mano. Una de ellas había traído un plato con guiso de carne y un pedazo de pan. También, un par de piezas de fruta. O tenía hambre o aquel cocido estaba muy bueno. No me importó que, mientras comía, las tres mujeres rezaran a mí alrededor.

—¡Un santo! ¡Marcial es un santo capaz de hablar con los difuntos! —Lorenza entró en la casa vociferando. Venía de recorrer varias calles de Barreiro mostrando el cofre del dinero y relatando a todos mi vaticinio. Me volvió a abrazar, a besar y a llamar santo.

En ese instante, recordé a Negrillo. Todo lo había hecho pensando en él, intentando lograr de nuevo su confianza. Debía volver al chamizo a esperar su regreso.

Pero al salir al portal, descubrí a más de cincuenta personas alrededor de la casa, ocupando la calle. Permanecían en silencio y con las miradas clavadas en mí. Había mujeres con pañuelos negros cubriendo su cabeza y niños en pantalón corto. No podía dar crédito al hecho de que, apenas media hora después del descubrimiento, el pueblo entero conociera el contenido de mi conversación con Pepe y la veracidad de su confidencia. Aún no era consciente del enorme poder que me iba a procurar aquel episodio, ni conocedor de la veneración popular que sufriría a partir de ese momento. Yo también quedé pasmado en la puerta sin saber qué hacer. Barajaba dos opciones: huir de allí a la carrera o refugiarme en el interior de la casa. Entonces, apareció una señora con un reclinatorio, lo plantó ante mí y comenzó la oración del padrenuestro a viva voz. Los demás se arrodillaron sobre los adoquines de la calle y la siguieron en la letanía.

Me desbordaba el verme allí, en medio de toda aquella gente que permanecía de rodillas a mi alrededor, con la cabeza agachada y con las manos en posición orante. De repente, Lorenza salió de su casa, levantó la caja al cielo y, alterando el ánimo de los vecinos, gritó:

—¡Milagro! ¡Milagro! —El hallazgo le había trastornado la razón por completo.

La gente vino a mí. Comenzaron a besarme las manos, a tocar mis ropas. Un cojo que llevaba unas muletas de madera, llegó como pudo y se abalanzó de tal forma que a punto estuvo de derribarme.

—¡Cúrame! ¡Cúrame, te lo suplico!

Excedido por la multitud, dejé con cuidado al hombre sobre la calzada y eché a andar sin dirección.

—¡Cúrame, te lo suplico! —imploraba tendido sobre el pavimento, alargando el brazo hacia mí. No sabía si correr.

Daba igual la calle que tomara, todos me seguían. Algunas personas salían de sus casas o se asomaban a los balcones santiguándose a nuestro paso. Detrás de mí, escuchaba rezar y también cánticos religiosos. «Habla con los muertos», «Adivina el futuro», «Hace milagros». Mi nombre, el de Marcial el pastor, iba de boca en boca. Unos pocos me considerarían un embaucador; pero la mayoría hablaba de mí como de un profeta capaz de comunicarse con los difuntos. Una especie de flautista de Hamelín, dispuesto a sacar a los muertos de su sepultura y conducirlos hasta las puertas de sus verdugos. Cuando Lorenza abrió el baúl con los ahorros de su hermano, también destapó el frasco que contenía los temores de todo un pueblo.

Una anciana me llamó desde una ventana para entregarme una vela encendida. Durante el trayecto, me dejé querer. Sonreía a los que se inclinaban a mi paso desde las aceras y no dudaba en saludar con las manos a los que me vitoreaban desde las azoteas. Un muchacho se sumó al grupo haciendo sonar unos platillos y dando ambiente de fiesta al paseo. Dilaté el recorrido atravesando la ciudad por callejuelas. Me divertía cuando miraba hacia atrás y veía la muchedumbre que me seguía. Fue en uno de esos callejones donde me pareció ver a Elisa asomada en una esquina. Al fondo. Fue una visión fugaz, captada al paso, pero estoy convencido de que era ella. La melena rubia y las piernas largas. Me detuve y retrocedí para cerciorarme; el gentío también frenó su marcha. Sin dudarlo, me introduje por esa calleja con la intención de alcanzarla. Aligeré el paso para no perderla. El tropel corría al mismo ritmo detrás de mí. Cuando llegué a la esquina, como un fantasma que se esfuma, Elisa había desaparecido.

En ese momento, un espontáneo gritó:

—¡Vamos a seguirle hasta el barranco de Castro! ¡Contemplemos cómo habla con los difuntos!

La gente recibió con entusiasmo la propuesta. Cada vez eran más los que se sumaban a la procesión. Seguro que pretendían pasar la noche en vela, rodeando el terruño, hasta que apareciesen los espectros. Estoy convencido de que algunos de los que marchaban a mi lado eran familiares o amigos de algún fusilado, gente que no se atrevía a acudir sola al lugar donde sabían que estaba la fosa. Mientras tanto, no podía imaginar que a esa hora Barreiro era ya un hervidero de noticias sobre mí; muchas de ellas, falsas o disparatadas. Avanzábamos por una de las calles, en dirección a las afueras, cuando vimos al fondo a un señor con barba. Estaba arrodillado sobre el suelo en mitad de la calzada y tenía los brazos en cruz. Decía algo en voz alta, pero hasta que nos acercamos no pudimos oír con nitidez sus palabras.

—¡Marcial es un pastor, como los niños de Fátima y de Lourdes! —era lo que repetía una vez tras otra—. ¡Marcial es un pastor, como los niños de Fátima y de Lourdes!

Antes de llegar a él, a su espalda, apareció la pareja de la Guardia Civil. Llevaban los fusiles descolgados y mostraban el semblante serio. Avanzaban hacia nosotros.

—¡Alto! —vociferó el del bigote—. ¡He dicho alto!

Me detuve y la gente hizo lo mismo. Una tensa calma envolvió el encuentro.

—¿Es que no saben que estamos en guerra y están terminantemente prohibidas las manifestaciones?

—Esto no es una manifestación, es una procesión religiosa —alguien rompió el silencio desde atrás, apoyado en sus palabras por muchos que decían sí con la cabeza.

—No nos obliguen a disparar. Tienen cinco segundos para disolver esta concentración. —Y añadió con autoridad—: Y cada uno por una calle. ¿Entendido?

—Y que a nadie, a partir de ahora, se le ocurra ir a visitar el barranco de Castro —advirtió el otro guardia—, a no ser que quiera correr la misma suerte que los once fusilados. Por orden expresa de la autoridad, está prohibido acudir a la zona.

El temor que imponía oír a los del tricornio prendió entre los presentes. La gente comenzó a dispersarse en silencio. Las madres llevaban a los niños de la mano y las viejas corrían en busca de una esquina. A los pocos segundos, solo yo con la vela en la mano y el señor de la barba, que continuaba arrodillado y con los brazos extendidos, permanecíamos en la calle.

—¡Marcial es un pastor, como los niños de Fátima y de Lourdes! —volvió a repetir con los ojos cerrados, sin importarle la advertencia de la Benemérita.

Entonces, el cabo avanzó hacia él y, por la espalda, le propinó un culatazo con el fusil, derribándolo hacia delante. Cayó como si estuviese amarrado a un madero; quedó boca abajo, con los brazos en cruz, tendido sobre el empedrado. A mí ni me miraron. Me sorprendió la indiferencia mostrada. O el respeto. Se colgaron las armas a la espalda y marcharon en dirección a la plaza.

Como pude, reanimé al penitente y le ayudé a andar durante unos metros. Al despedirme, cuando le decía adiós, el loco se lanzó por sorpresa a mis pies y comenzó a besuquearme las sandalias con fervor. Me costó trabajo deshacerme de él.

Aún no había anochecido cuando retorné al cobertizo. Avanzaba por el camino sin prisas, con la seguridad con la que caminan los héroes después de haber realizado una hazaña. Me sentía hasta más alto. Regresaba a casa convencido de que mi hermano, contagiado del fervor que ahora me profesaban las gentes de Barreiro, saldría a recibirme con los brazos de par en par. Al pasar junto al mapa de América, llamó mi atención el intenso color de las malvas florecidas sobre él. Por vez primera, me atreví a meter la mano en el terruño. Arranqué una de las matas y acerqué su flor a mi nariz. Olía a muerto. La verdad, durante ese tiempo, toda España olía a muerto. Durante tres años, los españoles bebimos tanta sangre que permanecimos en estado de continua embriaguez. Aquel conflicto se tornó tan extraño que cualquier noticia, por insólita y asombrosa que pareciese, resultaba verosímil. Llegaban extravagantes crónicas que hablaban de la aparición de santos en las trincheras, disparando sus fusiles, codo con codo, junto a los jóvenes falangistas; de castigos divinos, como el sufrido por un grupo de milicianos que, tras tomar un pueblecito de Huesca y profanar sexualmente las imágenes de las dos vírgenes de su iglesia, aparecieron muertos, con la lengua negra y la cabeza del revés. Por toda España, a uno y otro lado de la línea de batalla, gentes aseguraban haberse encontrado con espectros de personas ajusticiadas en las cunetas de los caminos y enterradas en improvisadas fosas comunes. Espíritus andrajosos que vagaban de aquí para allá clamando por una tumba digna donde descansar. El país se estaba convirtiendo en un inmenso escenario de terror donde campaban a sus anchas los fantasmas de nuestros muertos.

Estaba parado junto a la fosa, con la florecilla entre las manos, cuando vi lumbre encendida arriba y corrí hacia allí. ¡Negrillo había regresado!

Era tal la ansiedad por reencontrarme con mi hermano que, en vez de subir por la vereda, atajé encaramándome por los riscos. Exhausto por el esfuerzo, alcancé la cumbre. Negrillo estaba allí; de pie frente al cobertizo. Me aguardaba sonriente. Enseguida le noté orgulloso de mí, contento de la importancia que nos procuraba aquel asunto. También a él, la gente comenzaba a considerarlo:

—¿Tú eres el hermano de Marcial? —le habían abordado por la calle para preguntarle.

—Lo he hecho por ti —le confesé—. Para que no guardes dudas sobre mí.

Permanecimos abrazados un rato, bromeando y revolviéndonos el cabello el uno al otro. Por un momento olvidé que nos habíamos hecho mayores y me pareció que aún vivíamos en esos veranos en los que nos bañábamos en el río y nos dejábamos arrastrar felices por la corriente. Negrillo intentó pedir perdón por no haberme creído, por haber dudado de la veracidad de mi declaración al alcalde, pero no dejé que lo hiciera. No tenía por qué humillarse. Como tampoco él permitió que me arrepintiera del incidente del hacha.

—Hermano, no embarques nunca hacia América —suplicó—. Júrame que continuaremos siempre juntos.

En ese momento, iba a hacerlo, pero callé y no prometí nada. Lo que sí hice fue contárselo todo. Bueno..., todo no. No le dije que estaba enamorado de Elisa Febrero. Tampoco mencioné la existencia de la cueva.

—Si estoy dormido, avísame cuando aparezcan los muertos —dijo—; quiero ir contigo a verlos.

Me sentí más unido a Negrillo que nunca. Nuestros padres estarían contentos de vernos así. Lo noté feliz. Estoy seguro de que, a partir de ese día, la familia de Carmita lo empezaba a contemplar con otros ojos. Gracias a aquellos once desgraciados, también él había dejado de ser un piojoso pastor.

Esa madrugada, dormimos juntos. Los dos nos encontrábamos abatidos y nos acostamos temprano. Me sentía dichoso por reposar de nuevo abrazado a mi hermano. Pronto, nos dobló el sueño.

Era plena noche cuando, de repente, abrí los ojos y escuché barullo de voces en la hondonada.

—¡Negrillo! ¡Negrillo! —lo zarandeé, para despertarlo—. Ya están ahí.

Despertó aturdido. Nos acercamos con cautela a los riscos. Mi hermano iba temblando. Abajo, los once difuntos paseaban sin rumbo por el interior de la parcela; desde lo alto, recordaban a los presos vagando por el patio del penal. Una luminosa niebla irradiaba el mapa de América del Sur. Como otras veces, llegaba hasta las rocas un murmullo ininteligible originado por la amalgama de monólogos. Negrillo miraba con ojos de búho hacia la zona donde se habían producido los fusilamientos.

—Ahí los tienes, incrédulo —comenté sonriente, mientras le cruzaba el brazo por el hombro. Empezaba a sentirme bien al compartir con él mi secreto—. ¿Conoces a aquel señor alto y encorvado? —le pregunté, señalando al grupo de muertos.

Entonces, con los ojos muy abiertos, sin dejar de mirar al lugar, dijo con tono grave:

—¿Dónde? No veo nada. No escucho nada.

—¡Ahí! —Señalé con el brazo—. Es don Alejo, ¿no lo reconoces?

Siguió mirando durante unos segundos hacia el terruño, con la mirada colmada de perplejidad.

—Ahí no hay nadie —dijo, volviéndose hacia mí; observándome como si, de pronto, me hubiese convertido en un desconocido. Y añadió—: Estás enfermo.

El rostro se le llenó de horror. No volvió a hablar una palabra. No me llamó loco, ni siquiera fantasioso, pero por la forma de mirar supe que aquello significaba el fin entre nosotros. Solo movió repetidamente la cabeza, como negando mi mundo. Luego, con ojos de desazón, quedó un rato reparando en la presencia del cedro y regresó a dormir al cobertizo.

Tardé un poco más en acostarme. Estaba seguro de que las apariciones eran reales. ¿Cómo, si no, iba yo a conocer el lugar donde Pepe Alba había enterrado el dinero? ¿Qué más pruebas querían? Antes de tenderme en el colchón, para cerciorarme, miré dentro del zurrón. Sonreí al palpar el metal del revólver. Saqué la pistola y comprobé que seguían quedando cuatro balas en el cargador. Comencé a girar, una y otra vez, el cilindro de la recámara. Negrillo dormía junto a mi manta. Seguí dándole impulso para que no cesara de girar. Me agradaba oír el ruido del cargador. Estaba jodido; aquel realista se había propuesto acabar con mi mundo, impedir que marchara a América, enterrar para siempre mis ilusiones. Pretendía reducirlo todo a nuestra sucia realidad. Seguí girando y girando el tambor hasta que se detuvo. Entonces acerqué el cañón a la sien de mi hermano, coloqué el dedo en el gatillo, cerré los ojos y apreté.

¡Cloc!, sonó a falso. Tuvo suerte de que el tambor se detuviera en uno de los dos departamentos sin munición. Me acerqué a su cara y, como quien besa a un difunto, lo besé en la frente. Ni se inmutó.

Me costó conciliar el sueño, me sentía decepcionado por su ingratitud, pero me quedé dormido. De nuevo, algo volvió a despertarme. Era *Fetén* que lamía mi cara. Seguro que pretendía que abandonara el jergón y descendiera con él al fondo del barranco. No me encontraba para fiestas. De malas maneras, le ordené que regresase a dormir a su sepultura.

27

Esa mañana, al abandonar el refugio con las ovejas, en lugar de dirigirme como siempre al monte,
tomé el camino que llevaba al pueblo. Iba enfadado
por la incomprensión de mi hermano. Agradecía la
bocanada de aire puro que rompía contra mi rostro,
limpiándolo de las injurias que Negrillo había escupi-
do sobre él. Durante la travesía, pensaba en idear una
fórmula que lograse liberar a los difuntos del mapa
donde estaban recluidos y llevarlos a vagar por las
calles de Barreiro. Hubiese sido maravilloso disponer
de una flauta, cuyo sonido lograra hacer que traspa-
saran los confines del terruño y dirigirlos en procesión hasta la plaza, para plantarlos frente a la casa
del alcalde. Entonces, al verlos, algunos incrédulos
dejarían de poner en duda mi trato con los fusilados.

Aunque estaba prohibido cruzar Barreiro con el
ganado, ese día me dio igual. Entré con el rebaño
por la calle Mayor. Tolón, tolón. Avanzaba a paso
firme por el centro de la calzada, a la cabeza del pelotón de ovejas y agitando con decisión el cencerro.
Los vecinos, al verme aparecer, huían asustados al
interior de las casas. La severa advertencia de los
guardias había calado en la gente. En un solo día
había pasado de ser reverenciado como a un héroe,

casi como a un santo, a ser considerado un villano cuya compañía debía evitarse. A mi paso, solo veía postigos y ventanales cerrados; pensarían que me acompañaban los once fusilados. Un inesperado viento hizo que chirriaran las puertas y se cerraran con estruendo las ventanas, que comenzasen a sonar sin ritmo las campanas de la iglesia. Adivinaba a la gente oculta en las habitaciones del interior, con el corazón sacudido tras cada golpe, con el miedo aferrado a sus gargantas cada vez que las cortinas ondeaban por el empuje de las ráfagas de viento. La escena era fantasmal: una ciudad desierta recorrida por un ejército de borregas. Tolón, tolón.

Tuve un presentimiento; detuve el rebaño a la puerta del bar y entré.

Cuando abrí la puerta, descubrí que estaba a rebosar de parroquianos. El silencio y el exceso de humo daban al salón un aspecto sepulcral. Todos miraban expectantes hacia mí. Los dos guardias bebían al fondo, en la barra, y me dirigí hacia ellos. Conforme me aproximaba, los veía erguir el cuerpo y tensar los rasgos del rostro.

—Me han dicho los fusilados —dije plantado ante el cabo, mirándole a la cara— que le diga a usted que es un perfecto hijo de puta.

Lo hice en voz alta, para que todos los presentes escucharan mis palabras. Nadie dijo nada. Nadie se atrevió. Él tampoco. No se escuchó ni un carraspeo. Entonces, dirigí la mirada al del bigote y añadí:

—Tampoco se han olvidado de usted. «Hijo de mala madre», me han dicho que le diga. Además, el barbero me han ordenado que le escupa —y, sin dilación, le lancé un lapo a la cara, delante de todos.

Un gargajo certero. Lo recibió sin inmutarse, como quien espera un disparo. Ni siquiera sacó el pañuelo para retirar de su cara la ofensa.

Ni el cabo ni el del bigote hicieron amagos de descolgar el fusil. Entonces, en medio de la tensa situación, di media vuelta y me encaminé hacia la salida dando la espalda a los humillados. La fanfarronada me hizo abandonar el bar con una amplia sonrisa en la cara que no pude disimular. Detrás de mí, percibía el escarnio sufrido por los guardias.

Tenía ya la mano en el picaporte cuando por fin escuché el vozarrón del cabo. Sus palabras hicieron que me detuviese un instante, antes de abandonar el bar:

—Pues dile a esos once que lleven cuidado. Esta acción que han hecho no quedará impune.

Salí al exterior sin devolver la mirada.

Continué el itinerario por la zona más céntrica de Barreiro, espantando a todos con mi presencia. Sacudía la sonaja con ritmo firme, con rabia. Las calles seguían desiertas y solo encontré, al final de una de ellas, a una familia que parecía encaminarse hacia la plaza. Al contrario que le ocurría al resto del pueblo, no aparentaban temer mi presencia ni la del apocalíptico rebaño que me acompañaba. Al acercarme, pude distinguir a una madre enlutada que arrastraba una enorme maleta, seguida de un niño y una muchacha de mi edad.

—¿Eres tú el pastor que habla con los presos asesinados? —me preguntó la mujer cuando pasaba a su lado. Me fijé en la muchacha, en su rostro llevaba la tristeza de las bellas princesas de los cuentos.

Quería saber si su marido estaba entre los muertos.

—Se lo llevaron en el camión aquellos falangistas que vinieron desde la capital. Ramón Sinde —me dijo.

Por el nombre, no lo conocía. Finalmente, por la descripción física, supe que se trataba del Gorras.

Aunque la esposa tenía la certeza de que estaba muerto, la confirmación de la noticia la hizo llorar desgarradamente de nuevo.

Cuando se calmó, me pidió un favor.

—Esta noche, cuando lo veas, dile que ya no aguanto más. Que, ahora que sé que nunca regresará, no puedo continuar aquí, conviviendo con la misma gente que lo subió al camión. Dile que nos vamos a Santander, a vivir con mi hermana Marcela y su marido, que nos echarán una mano hasta que encuentre una casa donde poder servir. Y dile también que me llevo su retrato para que los niños lo recuerden siempre.

Volvió a levantar con esfuerzo el pesado equipaje, dijo «vamos» y se dirigieron en silencio hacia la plaza para tomar el autocar. Cuando solo habían dado unos pasos, volvió la cabeza y añadió:

—¡Ah! Infórmale de que va a ser abuelo: la niña está preñada, aunque se niega a desvelar quién es el padre.

Miré a la muchacha, a su vientre henchido y entendí su tormento. Ella también debió entender algo al verme, porque vino hacia mí, se acercó a mi oído y susurró el nombre del hombre que la había embarazado. Quedé de pie, mirando cómo se marchaban, digiriendo la terrible revelación que acababa de conocer.

Dos calles más allá, dos mujeres con la cabeza cubierta con un pañuelo me esperaban cobijadas en un portal. Me besaron las manos, como si fuese un obispo y me facilitaron una cruz de madera. Eran familiares de Leocadio Zabaleta, otro de los difuntos.

—Por favor, clávala junto a la fosa. Es importante para nosotras. Continué conduciendo el ganado hasta llegar a la iglesia. Di un empujón a la puerta principal y comprobé que estaba abierta. Cientos de cirios iluminaban el interior. No había nadie, solo el Cristo crucificado de la Luz, que, con la camisa de Falange que le había colocado don Andresín, parecía, más que un Dios, un espantapájaros. No tenía perro y necesitaba dejar el rebaño recogido durante un rato, así que hice pasar a las ovejas que, rápidamente, se desperdigaron por todo el templo. Balaban sin descanso, como las viejas rezan el rosario. Quedé impresionado por la buena acústica del templo.

Luego, eché el cierre para que no escaparan y salí a la calle.

Un fuerte impulso surgido de mi interior hizo que me dirigiera con decisión hacia el domicilio de Elisa. Carmita había oído decir en la panadería que la última vez que la viuda logró ver a su esposo con vida fue unas semanas antes de su asesinato. Tras muchos ruegos y gestiones, por fin le permitieron visitarlo en el calabozo, donde estaba recluido desde los primeros días de la Guerra.

La imagen que apareció ante ella fue demoledora. Encontró a Alberto en un estado lamentable, hacinado en la insalubre celda que compartía con un numeroso grupo de detenidos, casi todos asiduos del Ateneo. Eran más de treinta.

Nunca había visto a su esposo con aquel aspecto. Iba sin afeitar. No lucía la sempiterna corbata con el nudo Windsor y había perdido el sombrero. Se fijó que, al igual que ella, aún llevaba colocado en el dedo corazón el anillo de compromiso. Se situaron en un lateral y hablaron durante más de media hora. El marido se esforzaba por envolver el encuentro en un halo de normalidad. Los barrotes de la celda apenas permitían que uniesen sus labios, pero Elisa pudo introducir sus manos para que Alberto las besara con pasión. Durante un par de minutos cerraron los ojos y se entrelazaron el uno al otro. A pesar de los trinquetes y las barras de hierro, volaron libres.

La madrugada que partió la siniestra caravana con los once presos, Elisa se supo viuda. Era mucho más que un presagio. Enseguida corrieron los rumores de que esa misma noche el camión de la Falange se había desviado hacia el barranco de Castro. Entonces se convenció de que la tétrica imagen de Alberto, derrotado en un rincón del calabozo, sería la última que de él vería en vida.

Como el resto de Barreiro, esa mañana, la calle donde vivía Elisa Febrero también estaba desierta. Di tres golpes en su puerta y esperé. No apareció nadie, así que propiné otros tres. Esta vez, oí descorrer el cerrojo y, al momento, vi asomar el hermoso rostro de un ángel. Sonreí.

Noté el estupor en su cara. Al verme, su amable gesto quedó desfigurado por las muecas de horror. Intentó dar un portazo para ahuyentar su pesadilla, pero conseguí impedirlo a tiempo, introduciendo el pie entre la hoja y el marco. Sin decir una palabra, sin apenas fuerzas, Elisa empujaba inútilmente la puerta, intentando cerrarla. Después del forcejeo, logré vencer su débil resistencia, colarme en el zaguán y plantarme ante ella. Durante la brega, yo no había dejado de sonreír ni un instante.

—¿Qué quieres ahora? ¡Déjame en paz! —dijo en voz baja, con los ojos vidriosos y mirando nerviosa hacia atrás, como si temiera que alguien que había dentro la escuchara.

—Anoche hablé con tu marido —dije, haciendo esfuerzos para no levantar la voz. La encontré más rubia que nunca. Por el gesto adoptado, parecía que mis palabras se le estuviesen clavando en el pecho, como un puñal—. Me repitió que no le gusta que andes con el sobrino de Olivares.

De pronto, comenzó a mirarme de forma extraña, como si tuviese delante a otra persona. Me dio la impresión de que escuchaba las palabras que yo emitía con la voz y el tono de Alberto. Parecía enajenada. Lentamente, acercó su mano hasta mi cara y la acarició con ternura.

Las lágrimas rodaban por sus mejillas, inundaban sus labios, le resbalaban por el cuello y desembocaban en su escote. La luminosidad del llanto le procuraba aún mayor belleza. Seguía alterada, mirando hacia el interior de la casa, temiendo que, en cualquier momento, alguien apareciese.

Tomé su mano y, para mi sorpresa, no me rehusó. ¡Dios, qué suave era el tacto de su piel!

—Alberto me ha pedido que le lleve un beso tuyo —le mentí, mientras entrelazaba sus dedos con los míos. Ella me miraba ausente—. Llevo el anillo —le recordé, exhibiéndolo, como quien esgrime una escritura de propiedad. Acaricié con suavidad la alianza que aún portaba en su dedo.

Sin más, la rodeé por la cintura y la atraje hacia mí. La diferencia de estatura hizo que mi boca quedara a la altura del cuello, cerca de su pecho.

No mostró resistencia. Como un sediento, lamí con ansiedad las lágrimas que humedecían la piel de su escote. Oía sus mudos gemidos, sentía el latido de su corazón en mi cara. Yo seguía bebiendo su llanto con avidez. Debía de ser Heno de Pravia el olor que despedía su cuerpo a cada pálpito. Entonces se separó un poco y tomó mi rostro entre sus manos. Con los ojos fuera de las órbitas, preguntó:

—¿Alberto? ¿Eres tú, Alberto? —Guardé silencio, no sabía qué responder. Entonces dijo—: Perdóname, amor —como una loca, comenzó a besarme con voracidad las manos, los ojos, el rostro. Seguidamente, unió sus labios a los míos. Los apretó con fuerza. Con una pasión desbordada. Durante trece o catorce largos segundos, los más largos de mi vida, percibí cómo se mezclaba la humedad de las dos lenguas, cómo el fruto de su llanto se aunaba a nuestras salivas y cómo mi pene, con el que había prometido a su marido hacerla feliz, se endurecía como una piedra.

—Cariño, ¿quién era? —dijo de pronto la inoportuna voz que avanzaba por el pasillo.

Nos separamos con brusquedad y, con un rápido empujón, Elisa hizo que me precipitara a la calle y cerró la puerta.

Con aire triunfante, paladeando el sabor de su beso, anduve despacio por el centro de la calzada en dirección a la iglesia, a recoger al ganado. Llevaba las manos guardadas en los bolsillos y propinaba suaves patadas a las hojas secas que encontraba a mi paso. Si alguien me hubiese visto, habría podido leer la felicidad en mi rostro.

28

Por lo que pude saber, el mismo día que besé por primera vez a Elisa hubo una acalorada reunión en el despacho de don Jaime, el alcalde de Barreiro, con la finalidad de encontrar una solución al asunto de los muertos. Además del anfitrión, estuvo el cura don Andresín y otros cinco representantes de las fuerzas vivas del pueblo.

—No sé por qué —recriminó don Jaime al sacerdote— tuvo usted que proporcionar la lista con los once nombres a esos falangistas que llegaron de la capital. Aquí, nosotros, con cuatro hostias y unos meses de calabozo hubiésemos enderezado sus tendencias políticas.

—¿Es que ustedes no se dan cuenta? —respondía don Andresín a los reproches del alcalde—. Estamos en guerra. Si Barreiro hubiese quedado en zona roja, otros once vecinos del pueblo, entre los que, con seguridad, estaríamos usted y yo, habrían sido obligados a subir a un camión de la CNT.

—Entonces, ¿cómo se explica lo de la resurrección de los fusilados? —intentó averiguar otro de los presentes.

—¿Pero qué resurrección ni qué leches? —gritó el cura como un energúmeno—. Aquí, resucitar, lo que se dice resucitar, solo lo hizo uno: nuestro Señor Jesucristo. Lo demás son pamplinas. ¡Lo sabré yo!

En Barreiro, todo el mundo conocía lo ocurrido a don Nicolás, hermano de don Andresín y sacerdote como él, durante los primeros días de la Guerra Civil. Don Nicolás, párroco titular de un pueblo cercano a Valencia, fue detenido por un grupo de milicianos y encarcelado junto al sacristán y dos muchachos monaguillos, uno de ellos mongólico. Estuvieron presos en la propia sacristía de la iglesia, convertida en mazmorra provisional durante esos turbulentos meses. Según contaba su propio hermano, el cura había destacado en aquella comarca levantina por su entrega a los pobres, los enfermos y los ancianos, «de ahí, el odio que le profesaban los rojos del pueblo».

Una noche, los carceleros que los custodiaban decidieron organizar un banquete en la iglesia. A modo de mantel, cubrieron la piedra del Altar Mayor con el manto de la Verónica. Colocaron sobre la improvisada mesa ceniceros y todos los copones que encontraron en la vicaría. También sacaron las reservas del vino de misa que escondía el párroco detrás del retablo. Como tapa para acompañar el vino, extendieron sobre el manto cientos de obleas recortadas en forma circular. En un alarde de urbanidad y buenas costumbres, invitaron a sentarse a la mesa a la imagen de san Vicente, patrón de la ciudad. Lo trasladaron a hombros y lo colocaron presidiendo el festín. Comenzaron a beber, a masticar hostias y a brindar, chocando los cálices, dando vivas a Rusia y a la República. Acabado el vino, ebrio de alcohol, un miliciano exigió a san Vicente que eructara como muestra de satisfacción por lo comido y bebido. El santo, inmune al requerimiento, no accedió. Volvieron a exigirle un gesto de gratitud por la invitación; pero el santo no varió de actitud. «Señor san Vicente: es usted un fascista desagradecido que solo disfruta comiendo en las mesas de los ricos», le dijo. Entre risotadas, el grupo de borrachos sometió al patrón de la ciudad a un juicio sumarísimo y, en menos de un minuto, lo habían condenado a ser fusilado. Lo sacaron a la calle y lo situaron junto a la pared de la fachada.

En la sacristía, don Nicolás y los otros mártires se estremecieron al escuchar los agoreros disparos.

Entonados por el vino, dispuestos a continuar la juerga, sacaron a los reos de la sacristía y, subidos sobre el altar, con los brazos colocados en cruz, «esa posturita que tanto le gusta adoptar a vuestro Jefe», les obligaron a bailar la raspa, mientras ellos cantaban y palmeaban la canción. El único que obedeció las sacrílegas órdenes fue el muchacho subnormal; por supuesto que el párroco, el sacristán y el otro monaguillo se negaron a acatarlas y comenzaron a rezar, alegres y en voz alta el rosario. Allí mismo, bajo la cúpula de la iglesia, junto al ingrato de san Vicente agujereado y rezando con devoción el avemaría, fueron ejecutados con un frío tiro en la nuca.

Cuando don Andresín evocaba esta parte de la historia, siempre apretaba con saña las cuentas del rosario que portaba entre las manos y, con los ojos cerrados, elevaba el rostro al cielo.

Los verdugos, no satisfechos aún con su acción, ataron una soga al cuello del cadáver del párroco y lo arrastraron por toda la avenida de Stalin, desde el templo hasta la plaza Mayor. Una vez allí, subieron el cuerpo ensangrentado a la cruz de piedra que presidía la explanada y lo amarraron a ella con los brazos extendidos. «Murió en la misma posición que el Hijo de Dios», apostillaba don Andresín con brillo en los ojos. Antes de prenderle fuego «en represalia por todas las hogueras encendidas a lo largo de los siglos por la Santa Inquisición», hicieron venir al Correas.

Este Correas, muy conocido en la zona de la huerta valenciana, era un tipo de aspecto singular, usaba unas largas barbas, medía metro y medio de altura y pesaba ciento cincuenta kilos. Presumía de ser un auténtico comecuras y aseguraba haber engullido las orejas de más de cincuenta eclesiásticos solo en ese fatídico mes de agosto de 1936. Cada vez que detenían a un religioso por la comarca, lo hacían llamar. Cuando llegó, él mismo se acercó, ayudado por una escalera, al maltrecho cadáver de don Nicolás, que estaba encaramado en la cruz, y le sesgó con una navaja los dos cartílagos, lo que fue muy aplaudido y jaleado por el numeroso grupo de curiosos que se acercó a contemplar la hazaña. Luego, encendió lumbre en el suelo, las puso a asar y se las comió a la brasa. Le gustaban un poco pasadas. «Saben igual que las de los cerdos», se jactaba. En materia de orejas, poco se distanciaba nuestra España de la Patagonia.

Don Andresín mantenía muy presente el drama vivido por su hermano y el mandato divino de perdonar a los enemigos lo tenía aplazado de momento. «Estando en guerra como estamos, hasta Dios sabe que no se pueden cumplir a rajatabla los mandamientos». En la misa de difuntos, que celebró en Barreiro por el alma de don Nicolás, juró ante el Cristo de la Luz que, «por cada cristiano que los rojos manden al cielo, pienso enviar diez republicanos al infierno».

—Asegura la gente por los corros de la plaza —comentó el alcalde en la reunión, dirigiéndose con sorna al párroco— que desde que surgió todo este revuelo de los muertos del barranco de Castro, duerme usted abrazado a una escopeta; incluso, afirman algunos que le tiene usted más fe a esa arma que al mismísimo Cristo.

—¿Qué tiene de extraño que duerma armado? —argumentó muy serio don Andresín—. Franco está venciendo al ateísmo portando un fusil en una mano y un crucifijo en la otra.

29

Había llegado el momento de afeitar la pelusilla de mi bigote. Uno de esos instantes en la vida de un hombre que simboliza el abandono de la niñez. El hecho de besar a Elisa, de rodearla con mis brazos, había logrado despertar en mí la masculinidad. Decidido, tomé la navaja barbera de Negrillo y un poco de jabón. Tenía la intención de colgar el trozo de espejo en el tronco del árbol, pero al llegar encontré la tierra que rodeaba el cedro encharcada de un caldo rojizo. El brebaje no era sangre, aunque se le parecía bastante. Preocupado, busqué información en *El manual escarlata*. Supe que todos los cedros de esta variedad eran hembras y que, como todos los seres vivos del género femenino, sufrían una menorragia cada cierto tiempo. En el caso particular de los árboles escarlata, la regla les bajaba cada dos años. Durante los tres días que duraba la menstruación, el árbol sangraba por su órgano sexual, que lo tenía oculto bajo la tierra, y se mostraba «arisco e irritable», llegando a perder algunas de sus facultades. Lo mismo que, cada veintiocho días, le solía suceder a la novia de mi hermano.

Al no poder pisar cerca del árbol, coloqué el espejo sobre un peñasco y rasuré con la cuchilla el vello que tanto afeaba mi rostro. Realicé el ritual despacio, para no herir mi piel. Al quitar los restos del jabón con unas manotadas de agua y contemplarme en el cristal, me sentí mayor. Un hombre seguro de sus actos. Aunque aún no había dado el estirón definitivo, notaba los cambios que se iban produciendo en mi cuerpo. Deslicé la mano por mi cara y aprecié los pómulos y el mentón más pronunciados. Los barros que brotaban en mi frente exteriorizaban la efervescencia de mi vida interior. También los brazos iban siendo más fuertes y la espalda ganando extensión. Casi de un día a otro, el tono de mi voz se tornó grave, varonil.

Me costó reconocerme. La imagen que veía reflejada en el espejo ya no era la de un niño, sino la de un mocetón capaz de abrazar a una hermosa mujer, un apuesto joven al que respetaba hasta la Guardia Civil. Estaba contemplando mi perfil cuando apareció Carmita con una docena de sobaos pasiegos envueltos en un hatillo. Mi hermano había salido muy temprano con las ovejas y no regresaría hasta mediodía. Tras la última discusión, la relación entre nosotros estaba tan deteriorada que evitábamos salir juntos al pastoreo.

¡Qué bien sabían aquellos sobaos que amasaba el padre de Carmita! Con la boca llena, le indiqué la mancha rojiza que rodeaba al cedro.

—Es un árbol hembra —le dije.

La novia de mi hermano se acercó y, acariciándome el pecho, me preguntó:

—¿Y qué sabes tú de hembras, tonto? —Al sonreír, dejó la mella al descubierto. La encontré muy atractiva.

—Lo poco que sé me lo enseñaste tú el otro día —respondí, mientras le echaba con delicadeza el cabello hacia atrás y se lo recogía junto a la oreja.

Le noté brillo en la mirada antes de que acercara su boca a la mía y me diera un largo y jugoso beso. En ese momento, cerré los ojos y Elisa Febrero apareció en mi mente.

La agarré de la mano y solo le dije «ven». Nos adentramos en el sendero y tomamos la dirección de la cueva.

—¿Adónde me llevas? —preguntaba, rendida al deseo, mientras corría tras de mí sin soltarse.

—A un lugar que solo tú y yo conoceremos. Será nuestro secreto. Un rincón donde vivir amores furtivos. Negrillo no debe saber de su existencia.

Durante el trayecto, varias veces nos detuvimos para besarnos. Yo palpaba sus pechos y ella sobaba con mucho tacto mi bragueta. Al cruzar la carretera, oímos el ruido de un motor. Nos ocultamos detrás de un frondoso helecho y vimos pasar el siniestro automóvil del capitán Galápago. El jefe de los chepudos conducía despacio, atento a cualquier imprevisto que se pudiera cruzar en su camino, a la aparición de un incómodo testigo.

Agachados, le tapé la boca para que no alzase la voz ni llamara su atención.

—¿Quién era ese tipo tan extraño? —me preguntó con inocencia cuando el coche se perdió por el camino.

Entonces, le conté lo de la existencia de la mina de oro, la patraña de la cofradía de los jorobados y la presencia de cientos de esclavos negros trabajando bajo la tierra.

—Me encanta contemplar cómo vives dentro de tus propios sueños —me dijo, con los ojos encandilados por la historia que acababa de escuchar. Después, me besó con fogosidad.

Ya tumbados sobre el jergón de paja que había extendido en el interior de la cueva, Carmita procuraba contener mi pasión.

—¡Despacio, Marcial, despacio! —me decía, intentando marcar un ritmo más sosegado.

Primero, me desnudó a mí. Luego, se fue desprendiendo de su ropa con mucha parsimonia. La rebeca, la blusa, la falda. La luz de la vela daba un color dorado a su piel. Nunca olvidaré la oscura areola de sus erizados pezones ni el negro espesor de su pubis.

Aquella mañana, echado sobre el cuerpo desnudo de Carmita, creí haber aprendido todo lo que me hacía falta saber sobre una mujer. ¡Qué iluso!

Al salir de la cueva, algo se movió entre las ramas.

—¿Quién anda ahí? —grité, dirigiéndome hacia el lugar.

Ella dijo que se trataba de un animal, pero yo estaba seguro de que la sombra que salió huyendo y se perdió entre la frondosidad del bosque pertenecía a una persona. Alguien que, oculto entre el follaje, nos había estado espiando.

30

Solo una jornada después de descubrir la menorragia del cedro y de explorar por vez primera el cuerpo de una mujer, al regreso del pastoreo, escuché gran ajetreo de motores y de voces que emanaban del fondo del barranco de Castro. «¡Qué extraño!», me dije. El sol aún lucía en lo alto y, hasta ese momento, los muertos solo habían hecho acto de presencia por la noche. Jamás había visto bajo la luz del día a los espectros de Alberto o don Alejo. Aprisa, encerré las borregas en el corral y me precipité impaciente hacia las rocas para divisar desde allí lo que ocurría. Atónito, descubrí varios vehículos y más de veinte personas sobre mi mapa. No eran los ejecutados: los hombres que en ese momento vagaban por el terruño estaban vivos e iban armados. Desde arriba, distinguí a la siniestra pareja de la Guardia Civil. También vi brillar la nariz de plata del sobrino de Olivares y ondular al viento la negra sotana de don Andresín, que sin desprenderse de la escopeta esparcía agua bendita con un hisopo por todo el terreno removido. El párroco arrancó con hostilidad la sencilla cruz de madera que la mujer y la madre de Leocadio Zabaleta me habían pedido que hincase en el terruño y la partió en dos sobre su rodilla. Tomás

Barinas, el tonto que poseía la destreza de tirarse pedos a capricho, ejercía su maña por toda la fosa en memoria de los fusilados. Sin duda, las fuerzas vivas habían decidido tomar la iniciativa y atacar. Después de pisotear el terreno con saña, de destrozar las malvas con las ruedas de los coches, retiraron los automóviles, rociaron el solar con gasolina y le prendieron fuego. Ahora sí parecía un rincón del infierno.

—¡Salid ahora si tenéis cojones! —gritaba el cabo a los moradores subterráneos de la parcela, sin dejar de apuntar con el fusil. Todos estaban expectantes, en silencio, sin mover el dedo del gatillo, a la espera de que los muertos salieran al exterior huyendo de la quema y entonces acribillarlos a balazos. Pero allí no aparecía nadie. Parecía mentira que no supieran que los espectros de los difuntos solo aparecen de noche. Yo, desde arriba, miraba cómo ardían las florecillas de color lila y los demás matojos que tapizaban la sepultura. Cuando el suelo estaba ya negro por el fuego, don Andresín levantó la vista de la tierra incendiada, miró al cielo y ordenó:

—Marchémonos antes de que anochezca.

Lejos de mostrar un aire victorioso, subieron a los vehículos aparentando bravura, pero recelosos de que la acción no hubiese resultado exitosa. Comprobé que en ningún momento bajaron la guardia ni dejaron de pensar que un peligro impreciso pudiera atacarles por la espalda.

Resultó desolador comprobar cómo quedó todo. El mapa de América, que tanto me gustaba contemplar, acabó irreconocible, desfigurado, con el contorno deformado. Ahora, hecho una piltrafa, se parecía más al mapa de Asia. Vi marcharse los vehículos por el camino viejo y descendí hasta el fondo. Ayudado de una rama de arbusto extinguí a golpes los últimos vestigios de fuego que aún humeaban.

Exhausto, más por el dolor del alma que por el esfuerzo físico, me dejé caer en uno de los bordes. Me quedé sentado junto a la superficie quemada hasta muy tarde.

31

Almorzaba en la parte trasera del chamizo aprovechando un resguardo natural que me protegía del sol y del viento. El menú era el de casi todos los días: un tomate, que comía a bocados, y una hogaza de pan acompañada de un buen trozo de longaniza. Ese día, Negrillo tampoco había vuelto al refugio. Aunque había madrugado, me sentía descansado. Había dormido de un tirón. Era la primera vez en mucho tiempo que ni *Fetén* con sus lamidos ni los fusilados con su cansado deambular y sus historias habían interrumpido mi sueño. Sin embargo, la ausencia de los espectros me preocupaba. Me estremecía al pensar que el incendio sufrido en la fosa la tarde anterior hubiese logrado acallar para siempre los quejidos de los difuntos.

Recordé con tristeza el estado en el que había quedado mi continente, el deterioro que había sufrido por la acción intencionada de las autoridades de Barreiro. A mí me importaba un pepino la Guerra, la violenta disputa entre republicanos y nacionales. ¡Si ni siquiera había comprendido aún por qué se mataban! A mí solo me interesaban dos cosas: Elisa Febrero y el viaje a América. «¡A la mierda los unos y los otros!», me dije.

Aún masticaba con preocupación un trozo de pan cuando escuché con sobresalto la voz ronca del cabo de los civiles que reclamaba mi presencia en el exterior del cobertizo.

—¡Buenas tardes! ¿Estás por aquí, Marcial?

Tragué el susto, me sacudí el pantalón y asomé el rostro al exterior. Los vi allí, con el tricornio sobre la cabeza y el fusil a la espalda. Me agradó el trato que ahora me dispensaban, más respetuoso y menos autoritario.

No se anduvieron con rodeos. Querían saber si los espectros habían vuelto a aparecer durante la madrugada.

No medité la respuesta y cometí un gran error: les dije la verdad. Al obtener la información de que aquella había sido la primera noche que los difuntos no vagaban por el terruño, sus rostros se iluminaron tanto como si hubiesen recibido la noticia de la victoria final en la Guerra.

—¿Estás seguro de que no los has escuchado? —insistieron, para oír, una vez más, mi respuesta.

Satisfechos por el resultado de la refriega de la tarde anterior, del exterminio de los espíritus, habían tomado la senda para volver al pueblo a contárselo al alcalde cuando el guardia del bigote se detuvo, pensó lo que pensó y dio la vuelta. Con paso decidido, vino hacia mí. Esperaba que formulara alguna pregunta que habría olvidado hacer, pero, sin mediar palabra, me propinó un culatazo con el fusil en el hombro que me derribó sobre unos arbustos.

—Ahora, se lo cuentas a esos once cabrones —dijo antes de devolverme el escupitajo que le lancé en el bar.

Era la tercera vez que la Guardia Civil me tiraba al suelo. Pronto fui consciente de la equivocación que acababa de consumar. El respeto, esa mezcla de fervor y miedo que, de un tiempo a esta parte, todos me profesaban por la camaradería mostrada con los muertos, se había ido al carajo. Incluso la relación que mantenía con Elisa podría empezar a peligrar. Me quité el anillo, lo apreté con fuerza en la mano y prometí no cesar en mi empeño hasta conseguir los dos sueños que me invadían.

Una vez confirmada la eliminación física de los aparecidos, sin más demora, don Andresín decidió celebrar una procesión para festejar el triunfo del bien sobre el mal. Estaba convencido de que el ejército del demonio había sido derrotado por los defensores de la fe. El desfile lo abría el Cristo de la Luz, con la cabeza inclinada, moribundo, clavado en la cruz. Lo sacaron a las calles de Barreiro ataviado con la ya habitual camisa de la Falange; con el yugo y las flechas bordados en rojo, cubriéndole la famosa herida que le produjo el puyazo. La ocurrencia de aquel cura de vestir con uniforme al crucificado fue admirada e imitada en procesiones de media España; moda que llegó a su cenit, el día en que una cofradía del barrio de Triana paseó por Sevilla a Jesucristo clavado en la madera y con el torso cubierto con la camiseta verdiblanca del Betis.

Me consoló saber que Elisa Febrero no participó en la procesión. Eso sí, junto al párroco, que desfiló con la escopeta al hombro, el alcalde y otras autoridades, marchaban en la comitiva Gertrudis, la peluquera, y el Chato. Era una advertencia de que, después de los últimos sucesos, iba a resultar espinoso encontrarme de nuevo con la viuda de Alberto y devolverle el beso que me entregó para su difunto esposo. Y aún más dificultoso lograr sobar sus senos.

Dos monaguillos, rodeados de hileras de mujeres vestidas de manolas, portaban en alto sendos retratos de dos mártires: José Antonio Primo de Rivera y el cura don Nicolás, que ya empezaba a oler a santidad. A cada momento, estallaban de alegría cohetes en el cielo. El desfile lo cerraba un grupo de niñas que, dirigidas por una marimacho de la Sección Femenina, bailaban gozosas al son de la raspa, cuyos acordes, ahora lo sé, era lo único que gustaba por igual en las dos Españas.

Para escenificar la victoria sobre los fantasmas de los fusilados, don Andresín contrató al Ventura, un tipo bajito y enjuto de carnes que pasaba los días y las noches borracho en las barras de las tabernas. Para la romería de esa tarde, el cura lo vistió con el disfraz del demonio que guardaba para el Domingo de Resurrección. Le pintaron el rostro de negro y le colocaron una diadema con dos cuernecillos. Antes de embutirlo en una jaula con barrotes de madera, de esas en las que acarrean a los cerdos al mercado, lo envolvieron en una bandera tricolor. Luego, lo subieron a un trono y lo portaron como un estandarte más. La humillación de Lucifer.

Al principio las cosas fueron bien: el Ventura, con descaro, escenificaba al demonio derrotado, sacando una lengua ennegrecida a las gentes que lo insultaban a su paso. «¡Rojo! ¡Masón! ¡Ateo!», le increpaban. Pero todo empezó a complicarse cuando un zagalón prendió fuego al rabo que le colgaba por el exterior de la jaula. Los espectadores rieron la gamberrada, pero el demonio no se percató de las llamas hasta que la lumbre le quemó el culo. Entre las risotadas del gentío, con sumo esfuerzo debido a lo reducido del habitáculo, consiguió apagarlo; aunque, a pesar del ajetreo, el fuego ya había conseguido chamuscarle la piel. Fue el dolor, junto a la ingesta de alcohol, lo que le hizo perder el dominio de sí mismo y blasfemar. En el rosario de insultos a la Santísima Trinidad mentó al Padre, al Hijo y al Espíritu Santo, y caldeó el ánimo del pueblo. La gente comenzó a acercarse a la jaula y a lanzar gargajos a su satánico inquilino. «¡Uno y trino! ¡Uno y trino!», gritaba enfervorizada la multitud. Un muchacho atinó con una piedra en la cabeza del enjaulado, que lo dejó aturdido y sangrando.

«¡Dejadme en paz, que no soy el demonio! —imploraba el bufón al percatarse del desmán, temiendo por su integridad—. ¡Que soy el Ventura, que soy fascista como vosotros!» La cólera cegó a los fieles e impedía escuchar las súplicas del borrachito. Un grupo de hermanas de la Caridad, que servían en el cercano asilo de san Vicente de Pau, comenzaron a meter las manos entre los barrotes y a propinarle pellizcos retorcidos en las piernas. «¡Putas! ¡Putas!», les reprochaba el Ventura, enfurecido por el dolor. Dos de las manolas sacaron los afilados espetones que sujetaban sus moños y los clavaron con saña en los muslos del demonio, que comenzó a sangrar a borbotones. «¡Me cago en Franco y en su puta Cruzada!», respondió, ya fuera de sí, exacerbado por los pinchazos. Entonces, Tinajas, una bestia humana que trabajaba de peón en el Ayuntamiento, metió el puño cerrado dentro de la jaula y, con fiereza, apretando los dientes, consiguió asestar hasta tres descomunales golpes en la espalda del borrachín, que lo dejaron sin respiración.

Cuando la procesión llegó a la puerta de la iglesia, el infortunado estaba muerto. Contando a los once fusilados, Ventura era la duodécima víctima de la Guerra en el pueblo. No sería la última.

32

El día siguiente fue domingo y amaneció ventoso. Visité temprano a mis padres en el cementerio: evitaba, así, toparme con el entierro del Ventura. Entre otras muchas cosas, les conté que el trato entre mi hermano y yo resultaba cada día más espinoso. Por supuesto, no dije una palabra sobre lo mío con Carmita. Les seguí contando cosas de Elisa. Les hablé de su triste infancia, del terrible final de su historia de amor con Alberto; de las medias de seda con costura y del pulido de sus uñas. También les confesé mi intención de embarcarla conmigo hacia América del Sur. No les debió de parecer un disparate, ya que no pusieron reparo alguno. Al atravesar el pueblo para dirigirme a la cueva, sentí en mi propia carne los efectos del incendio del terruño. Aquel fuego no solo había logrado apagar a los espíritus que vagaban por el mapa, también había extinguido el fervor que durante las últimas semanas me profesaban las gentes de Barreiro. La advertencia de las autoridades avisando de un castigo ejemplar se extendió como una mancha de aceite por las calles del municipio, ahogando cualquier muestra espontánea de devoción popular. Desde que se conocía la noticia del exterminio de los espectros, los vecinos me miraban desde las aceras, pero ninguno se atrevía a venir a mí y besarme la mano. No vi gente arrodillada a mi paso ni rezando en los balcones. Ya nadie se escondía tras las cortinas, ni escuchaba ruido de cerrojos a mi paso. Sentí decepción. Confieso que, mientras se mantuvo, me llegó a satisfacer el delirio que mi aparición infundía en los habitantes de Barreiro.

Una vez más, desvié mis pasos para adentrarme en la calle de Elisa Febrero. El automóvil granate estaba estacionado frente a la casa, pero su puerta permanecía cerrada a cal y canto.

Se sucedían las noches y los muertos no mostraban señales de vida. Recuerdo que, de repente, un sobresalto me despertaba del largo sueño y comprobaba, no sin cierta decepción, que ya había amanecido. Si alguna noche me desvelaba, únicamente oía el amenazador canto de las lechuzas. Cada día que pasaba, disminuía en mí la esperanza de volver a ver a los once fusilados. Empezaba a convencerme de que el incendio de la parcela y las ruedas de los vehículos habían logrado acabar para siempre con los espectros.

Al caer la noche, aguantaba el sueño hasta tarde. Cuando la luna se encontraba en su punto álgido, me asomaba esperanzado a las rocas, pero la quietud y el aburrimiento era lo único que reinaba en el fondo de la hondonada. Llegué a sentirme abatido por la desaparición de aquel mundo de nieblas y resplandores. Nadie sabe cómo odié durante esas largas madrugadas las llamas prendidas por los fascistas.

Un muro de silencio separaba mi vida de la de Negrillo. Tras las largas jornadas de trabajo, apenas hablábamos; desde el último desencuentro, poco quedaba por decirnos.

Debieron transcurrir más de dos semanas para que algo volviese a ocurrir. Un acontecimiento asombroso. Esa madrugada, era un martes, una sucesión de toses interrumpió mi sueño. En principio, pensé que era Negrillo que había vuelto a sufrir una recaída de su catarro. Di media vuelta y continué durmiendo. Pero los lametazos de un perro volvieron a despertarme. Al abrir los ojos y descubrir al espectro de *Fetén* dando brincos de júbilo y moviendo la cola con ímpetu, quedé rebosante de felicidad. Me abracé a él para mostrarle mi gozo por el reencuentro, obsequiándole con caricias y palmadas de cariño en el lomo. Enseguida volví a escuchar el ataque de tos y supe que procedía del fondo del barranco.

Sin tiempo que perder, salí en calzones del chamizo y me fui colocando el pantalón por el camino. No sé cómo no caí al suelo. Con la manta echada por los hombros, corrí lleno de ilusión a los riscos. Allí de pie, en lo alto, el rostro se me debió de colmar de satisfacción. ¡Qué alegría! ¡Por fin, habían regresado! Era don Alejo el que, doblado sobre sí, tosía como un tuberculoso. Estaba solo en mitad del solar y muy ennegrecido; con el rostro, las manos y las ropas atestadas de tizne.

—¡Don Alejo! —grité desde arriba para llamar su atención, mientras hacía señales con los brazos—. ¡Don Alejo!

El maestro continuó tosiendo violentamente, como si fuera a expulsar los pulmones por la boca. No me contestó.

Decidí bajar al fondo del terraplén para verlo de cerca. Cuando llegué, habían aparecido dos difuntos más: el barbero Nebrija y el herrero. Tosían con el mismo ímpetu que el maestro e iban llenos de hollín. Daba la impresión de que emergían del mismísimo núcleo incandescente de la tierra. Cómo me alegré de lo inocuo que había resultado el fuego de los nacionales.

Poco a poco, fueron asomando los demás. La neblina que ocupaba el solar fue perfilándolos uno a uno. Todos tosiendo y oscurecidos como tizones. Yo corría loco de alegría por el contorno, saludando efusivamente a unos y a otros, como compañeros de colegio que se reencuentran al principio de un nuevo curso. No daba abasto a hacer reverencias a tanto conocido. «¡Hola, Otilio!», exclamé risueño al ver al dueño del coche de viajeros que hacía la ruta hacia Bilbao. Cuando inauguró el autocar, le puso de nombre *La República*. Los niños de Barreiro, que esperaban ociosos su llegada a las afueras, cuando veían aparecer a Otilio al volante de su vehículo por el choperal, entraban al pueblo gritando: «¡Qué viene *la República*! ¡Que viene *la República*!» Luego, cuando estalló la Guerra y las nuevas autoridades le confiscaron el vehículo, lo rotularon con el nombre de *El Requeté*. A los zagales les dio igual el cambio de denominación y seguían esperándolo aparecer por la carretera de Bilbao, para vocear su vuelta. ¡Que llega *El Requeté*!

Estaban los once. ¡Qué lástima no poder abrazarlos! Al único que me negué a saludar fue al Gorras, el padre de la familia que tomó el autobús hacia Santander. De buena gana le hubiese lanzado una piedra a ese pervertido.

Agitando el rabo de forma entusiasta, *Fetén* se coló de un salto en lo que había sido el mapa de América, lamiéndoles las manos con avaricia a los muertos y husmeándolos en la entrepierna. ¡Qué manía la de *Fetén*! Conforme se iban reponiendo del agotador ataque, también ellos mostraban su afecto acariciándole la cabeza al perro.

Pero de pronto ocurrió algo que me dejó perplejo. No exagero si digo que fue lo más insólito que me ha sucedido a lo largo de la vida. Una vez restablecidos del acceso de tos, los once difuntos se sacudieron las ropas y colocaron en fila. Ordenados, con las caras llenas de tiznajos, empezaron a avanzar hacia donde yo me encontraba. En principio, me sentí confuso al no conocer sus propósitos. Juro que me asusté y a punto estuve de huir temeroso hacia las rocas, pero contuve el temblor y aguardé valiente la llegada de la columna.

Abría el desfile mi vecino Pepe Alba. Se plantó ante mí y, sin decir una palabra, metió la mano en su bolsillo y me ofreció un pedrusco de oro del porte de una nuez. ¡Dios, cómo refulgía aquel guijarro! No sabía si tomarlo. Al ver que continuaba de pie frente a mí, alargué la mano y él lo dejó caer. Quedé atónito, sopesándolo. Aún confuso, sin entender el significado de la extraña donación, contemplé cómo Pepe se giraba y continuaba su marcha por el contorno de la parcela quemada. Le siguió el herrero que, actuando del mismo modo que su camarada, me alargó otra piedra de oro macizo de un tamaño similar al anterior. Luego, le tocó el turno a Nebrija.

Así fueron viniendo uno tras otro hasta llegar a Alberto, que cerraba la columna. Apenas podía sostener las nueces doradas entre las manos y, continuamente, debía agacharme a recoger alguna que había caído a la tierra. Improvisé una bolsa con la manta de dormir y deposité los once pedruscos dentro.

Sin necesidad de que me lo explicaran, lo entendí todo. Para huir del devastador fuego que prendieron los fascistas, los once muertos tuvieron que horadar su propia fosa varios metros hacia abajo. Así evitaban ser incinerados y convertidos en meras cenizas. La temperatura que alcanzó la superficie debió de ser insoportable. Tuvo que ser duro trabajar con el humo encharcando los pulmones. Esto aclaraba el porqué de los ataques de tos. Debió de ser entonces cuando, de manera casual, en su desesperada huida hacia las entrañas de la tierra, toparon con uno de los filones de oro de la mina que explotaban los acólitos del capitán Galápago. Ya no quedaba duda sobre la verdadera actividad que ocultaba aquella banda de chepudos bajo el manto de la Virgen de las Maravillas.

«Ojalá estuviese aquí Ojopirri —fue lo primero que pensé al ver las bolas de oro—, para comprobar que era cierta la historia que contaba sobre el santuario de los jorobados». En un alarde de codicia, les pregunté si habían descubierto más vetas doradas por allá abajo, pero ninguno contestó.

Tanteé el botín y supe que ahora era uno de los hombres más ricos de la comarca, si no el que más. Entre mis manos tenía dinero de sobra para contratar en exclusiva un barco que nos llevara al otro lado del océano. Cuando le mostrara el oro a Elisa, seguro que no consideraría un inconveniente nuestra diferencia de edad «Ya crecerás», diría, y se colgaría de mi brazo dispuesta a atravesar el Atlántico. Lo pensé en ese instante: mi plan no fallaría si me presentaba en su puerta portando una cesta de mimbre, llena a rebosar de bolos de metal amarillo y dos pasajes en primera para América.

Desbordante de alegría, comencé a bailar solo por los alrededores del solar, tarareando un pasodoble. Sentía ganas de penetrar en el terruño y, abrazado a cada uno de los muertos, marcarme unos pasos de baile. *Fetén*, con las patas traseras echadas en el suelo, me contemplaba atónito. Me costaba creer mi suerte, pero entre las manos tenía la prueba: era rico. Inmensamente rico.

Ofuscado por el color del dinero, olvidé que los fusilados continuaban vagando por la fosa. Una vez que había hecho el nudo a la manta y me disponía a marchar con aire de potentado a esconder la bolsa, vi que los difuntos se alineaba frente a mí. Alberto, con gesto grandilocuente, tomó la palabra:

—Con nuestras uñas —dijo el portavoz de los difuntos—, hemos logrado arrancar estas riquezas a la madre tierra. Te rogamos que, en nuestro nombre, hagas llegar estas piedras de oro al presidente Negrín. Con ellas, adquirirá las defensas necesarias para, primero, equilibrar esta Guerra y, después, doblegar a las tropas de los generales golpistas. En estos momentos históricos que vivimos, es un decir —aclaró—, hasta los muertos debemos arrimar el hombro.

«¡Negrín! ¡Negrín! ¡Negrín!» Un destartalado coro de voces de ultratumba repetía hasta la saciedad el apellido del dirigente republicano.

La propuesta de los espectros cayó sobre mí como una tormenta inesperada, mojando mis sueños hasta los huesos. De repente, al escuchar sus absurdas pretensiones me sentí contrariado. Debieron de notar en mi rostro el maremagno de sensaciones encontradas que recorría mi mente porque, no seguros de mis intenciones, me pidieron que les prometiese que llevaría a cabo su plan. No sé si, en ese momento, me atreví a formular la promesa o esquivé su invitación con alguna triquiñuela.

¿De qué les servían a ellos, ahora, las hazañas? ¿No eran conscientes de que estaban muertos y que lo único que precisaban era una tranquila tumba con lápida, donde constaran sus nombres, apellidos y un sonriente retrato? ¿De qué les iba a valer la donación? En cambio, yo sí sabía en qué emplear el oro. En esos momentos, era un ser que se abría al mundo, que desprendía vida por cada uno de los poros y con un prometedor futuro esperando al otro lado del Océano. Los muertos no tenían una mujer de bandera a la que amar ni un continente interminable que recorrer. Además, la Guerra estaba perdida y solo la heroicidad del pueblo de Madrid le permitía seguir dando los últimos e inciertos coletazos. Ellos no lo sabían pero, desde hacía bastantes meses, el gobierno de la República había abandonado la capital y trasladado su sede a Valencia; desde su puerto, podrían organizar mejor una huida al exilio. «Demasiado tarde —pensé— para que aquellos dorados frutos de la tierra pudieran ayudar a cambiar el rumbo de España».

Me di cuenta de lo ilusos que pueden llegar a ser los muertos: en medio de ese dantesco escenario, continuaban soñando con lo imposible y pretendiendo que yo le entregase el oro al doctor Negrín. ¿Para qué? ¿Para que disfrutara de su brillo en el exilio? ¿Para que marchase con él a Méjico y me dejase a mí aquí cuidando borregas? Los pedruscos de oro estaban en mi poder y tenía muy claro cómo debía actuar.

«¡Negrín! ¡Negrín! ¡Negrín!» De pie y sin moverse, los once pretendían martillear así mi conciencia.

El grupo de espectros comenzó a desbaratarse. Cada uno se marchaba cabizbajo a vagar a su aire por el solar, cuando me di cuenta de que el herrero continuaba plantado ante mí. Tenía la mirada perdida en un punto impreciso. La sangre que rodeaba la herida de bala de su cabeza le brillaba de una forma especial. También el blanco de los ojos se le había vuelto más turbio. En la mano, ahora llevaba un papel con las esquinas chamuscadas. Supe que era una carta para su mujer.

La leí.

Querida Luisa:

Perdona la temblorosa letra de esta carta, pero es que el miedo que siente mi mano esta noche y el vaivén del camión en el que nos trasladan a Burgos hacen imposible mantener firme el pulso.

Vamos custodiados por un grupo de jóvenes falangistas. Algunos, apenas niños. Los imagino hace solo tres o cuatro años jugando por las calles de su ciudad o dirigiéndose a la escuela temblando de frío. Inocentes muchachos que, cuando acabe esta barbarie, se habrán transformado en seres terribles.

Las camisas azules que visten se notan recién estrenadas. Huelen a almidón y aún no tienen manchas de barro ni de sangre. Se les ve ávidos por servir a España, por usar por primera vez las pistolas que el fanatismo ha puesto en sus manos con total impunidad. Huelen bien. Vienen perfumados para camuflar el olor al miedo que también ellos sienten. Miedo a no atreverse en el último momento, miedo a que otros descubran que no tienen cojones.

Este camión no va cargado de hombres, va cargado de miedo.

Hace un rato, en el calabozo, cuando han dado a conocer los once presos que debían subir al vehículo, ha sido un momento terrible: sin duda, la lista la ha confeccionado don Andresín, porque cada nombre que leían sonaba como a campanadas de muerto.

En este preciso instante, el vehículo se ha detenido y se ha dejado de oír el ruido del motor. Nos piden que descendamos. ¿Qué va a ocurrir?

Cuida de los nenes y de mi madre.

Por lo que pude comprobar, al herrero no le dio tiempo a firmar la carta. Cuando acabé de leer, sin apenas mover los labios, con una voz que parecía salirle del estómago, me dijo:

—Aun muerto, sueño con una España sin curas, sin moscas y sin guardias civiles.

Le prometí que, al día siguiente, le haría llegar el escrito a su mujer. Con sumo cuidado por lo deteriorado que estaba, doblé el papel y lo guardé en el bolsillo trasero. También me comprometí a realizar una visita a don Andresín en su nombre.

En segundos, una noche más, los espectros se fueron fundiendo en una sola nebulosa que, al momento, fue absorbida por la tierra, como un genio que regresa al interior de su lámpara.

De pie frente al mapa, volví a tantear el hatillo. ¡Cómo pesaba el condenado! A mi rostro regresó la luz. En el brillo de los ojos se reflejaba mi suerte. Ahora tenía entre las manos un tesoro que no dudaría en compartir al otro lado del océano con la mujer que amaba. Además, en el bolsillo guardaba una nueva prueba que sumiría en la desesperación a las fuerzas vivas de Barreiro y me devolvería el fervor de las gentes.

El viento, que había reinado durante toda la jornada y que se había mantenido en calma durante la aparición, volvió a soplar.

Seguro que el mundo entero codiciaría mis once pedruscos de oro, así que debía apresurarme a ocultarlos en un lugar seguro. Tarareando una copla, decidí regresar al chamizo. No había dado ni media docena de pasos, cuando algo se movió entre los matorrales. No se trataba de un zorro ni de un conejo. Estaba seguro. Había visto agitarse las ramas altas de los arbustos, así que debía de tratarse de un ser, al menos, del tamaño de una persona.

—¿Quién anda ahí? —grité aferrando con fuerza el fardo y aprisionándolo contra mi cuerpo.

Nadie respondió. Una engañosa quietud se extendió por los alrededores del barranco. Allí había alguien; lo presentía. Quien fuera, habría sido testigo de cómo me entregaban las piedras de oro y las escondía en la manta. Me arrepentí de haber dejado el revólver arriba en el chamizo, dentro del zurrón. El viento volvió a arreciar. Sentía que alguien avanzaba hacia mí.

Inicié el regreso de espaldas, atento a cualquier peligro que pudiera surgir, pendiente del más mínimo movimiento. Todo me resultaba extraño y sospechoso. La mano me dolía de apretar el bulto con excesiva fuerza. Después de tanta desgracia a lo largo de mi vida y tras haber gozado de este golpe de suerte, alguien pretendía arrebatármelo, sin dejar siquiera que lo disfrutara unas horas. Ahora sabía que, desde hacía semanas, un ser misterioso me vigilaba desde la distancia. Estaba convencido de que se trataba de la misma persona que huyó, después de espiarnos entre las ramas, el día que estuve retozando con Carmita en la cueva.

Oía pasos provenientes de algún sitio. Continué avanzando de espaldas, al acecho, sin cerrar los ojos un instante, pero cometí el error de no mirar hacia atrás. Tropecé en un tronco que había tendido en el suelo, di un traspié, perdí el equilibrio y no pude evitar dar de espaldas con la tierra. Durante el lance, solté la manta que, al caer, se abrió y las nueces de oro rodaron cada una en una dirección.

Tendido en el suelo, indefenso, una ventolera comenzó a lanzar contra mi cara cientos de hojas muertas de los árboles que, como pequeñas bofetadas, apenas me permitían abrir los ojos y ponerme en pie. Entonces vi emerger una gran sombra frente a mí, que oscureció por completo la luz de la luna. Creí vivir los últimos instantes de mi existencia y maldije de nuevo mi mala suerte. Cerré los ojos y apreté con fuerza los párpados en espera de un inminente final. Oía pasos, golpes, arrastres y el siniestro grito de los búhos. No sé cuánto tiempo duró la pesadilla, pero, en un momento dado, las hojas dejaron de golpearme el rostro. Entonces, abrí muy despacio y con cautela los ojos. Vi la luna en todo su esplendor. Confuso por lo ocurrido, comprobé que, lo que fuera, había desaparecido.

Con las rodillas hincadas en la tierra, sin dejar de mirar alrededor, fui recogiendo a toda prisa los pedruscos de oro y echándolos en la manta. «Uno, dos, tres... y diez». ¡Faltaba uno! Tras contarlos dos veces, a gatas por el suelo, tanteando con las manos, estuve recorriendo la zona por la que podía haber rodado. ¡Dios mío, quien fuese se había llevado una de mis piedras! Me puse en pie y con todo el ímpetu grité «¡ladrón!»

Sin demora, a paso ligero, me disponía a regresar al chamizo cuando golpeé algo con el pie. Delante de mí, comenzó a rodar un bolón de oro, marcando el camino. Me apresuré a cogerlo. ¡El undécimo! Lo besé antes de depositarlo en el hatillo junto al resto.

Por fin, alcancé la cabaña. Sin despertar a Negrillo, cogí el zurrón y regresé al exterior. Saqué el revólver. Antes de guardar los pedruscos en su interior, volví a mirarlos una vez más: nunca había visto nada tan resplandeciente.

Sin bajar la guardia, con el arma en la mano y el bolso cruzado en bandolera sobre mi cuerpo, me senté bajo el cedro escarlata y apoyé la espalda en su tronco. No dormí en toda la noche.

33

Recuerdo aquel amanecer como uno de los más grandiosos que nunca he visto. La amenaza de viento tiñó la bóveda celeste de un tono caldera, quedando salpicada por decenas de cúmulos de nubes de color gris. Mientras, un potente sol penetraba a ras del horizonte, dotando de vida al valle. Parecía que Dios había colocado allí a un Tiziano o a un Miguel Ángel con sus pinceles para que nos mostrara esa alborada. Relajado después del susto de la noche anterior, mi nueva condición de potentado me hacía ver el mundo desde un prisma diferente, más bello. Desde el mirador, contemplé orgulloso cómo el futuro se extendía a mis pies. Me costó dejar de vislumbrar el espectáculo y abandonar el tronco que me servía de respaldo: por delante, se presentaba una jornada intensa. Entre otros asuntos, visitaría a Luisa, la mujer del herrero, para entregarle la carta póstuma de su esposo.

No había dormido, pero no estaba cansado. A esa hora, aún se podía leer la felicidad en mi rostro. La posesión de los pedruscos me había supuesto una inyección de energía y optimismo. Antes de que despertara mi hermano, debía ocultar el revólver entre mis cosas. Miré mis manos y aún las tenía moteadas de polvo dorado, como si durante toda la noche hubiese estado acariciando el cuerpo maquillado de una de las *vedettes* del barrio de Broadway. Todo en América era del color del oro.

A partir de ese momento, sería peligroso andar por ahí con mi botín cruzado sobre el pecho. Debía encontrar un escondite donde nadie sospechara de su existencia. La cueva no me parecía un lugar seguro. Me aterraba la idea de que un ladrón se hiciera con mi bolso. Pensé que debería tener guardianes custodiándolo, como esos dragones que escoltan los tesoros en los cuentos. Tras barajar varios lugares, decidí encaramarme al cedro y esconder el zurrón entre sus ramas, cerca de donde los chazarrines tienen sus nidos. Antes de hacerlo, me cercioré de que Negrillo dormía y de que nadie deambulaba por el valle. Ni siquiera a lo lejos.

El camino hacia Barreiro me pareció espléndido. El verde de los árboles y las plantas era más verde. El canto de las aves, más melodioso. Hasta el olor que emanaba de las cuadras me resultó soportable. Hice el recorrido sin prisa, con las manos metidas en el bolsillo y silbando estribillos de canciones. Durante el camino, era consciente de que me había convertido en un hombre rico... y a escasos metros de mi casa, sin necesidad siquiera de emigrar a América. Pero una sensación agridulce embargaba mi ánimo por momentos: aunque ahora la falta de dinero no era el impedimento, no estaba dispuesto a embarcar sin la compañía de Elisa. No sabía cómo convencerla para que abandonásemos juntos esta nación de miseria, guerra y fanatismo.

Al pasar por la plaza, vi un grupo numeroso de gente agolpado frente al Ayuntamiento. Me acerqué y pregunté qué ocurría. Un vecino me informó de que la Guardia Civil había abatido a dos hombres de raza negra en el monte. Según decían, eran dos norteamericanos, miembros de la Brigada Lincoln, que pretendían unirse a la partida de los primos Lajara. Quedé boquiabierto al escuchar la noticia. Ladeando a unos y a otros, conseguí abrirme paso y asomarme. No logro borrar la imagen de esos dos hombres tendidos sin vida sobre el adoquinado de la calle, con los ojos tan abiertos y tan blancos, sobre un rostro tan moreno.

Enseguida me di cuenta del engaño. Yo sabía que aquella versión de los hechos no era cierta. Estaba convencido de que los hombres tiroteados en el bosque nada tenían que ver con la Guerra. ¿Qué barbaridad era esa de los brigadistas? Aquellos negros no eran más que dos esclavos fugados de las garras de los malditos chepudos. Seguro que aprovechando el desconcierto creado en la mina por la inesperada aparición de los fusilados, un grupo de africanos aprovechó la ocasión para huir. Aturdidos por tantos años ocultos bajo tierra, cegados por la luz del sol, tuvieron la mala fortuna de toparse con la pareja de la Benemérita, que no dudó en emplear el fusil.

No pude descubrir si a los dos cadáveres les brillaban las manos. Abandoné la plaza y continué mi camino: no quería levantar sospechas.

La casa del herrero se encontraba en la parte alta del pueblo. Su mujer, al abrir la puerta y verme ante ella, se tapó instintivamente la boca. Un gesto entre la sorpresa y el temor.

—¿Ha ocurrido otra desgracia? —preguntó con los ojos al borde del llanto.

Varias vecinas se asomaron a las ventanas y algunas salieron a la calle.

—¿Qué pasa? —se oía preguntar en voz alta entre ellas.

—Marcial el pastor, que ha venido a ver a Luisa.

—¿No habrá ocurrido otro milagro?

—¡Dios mío! Otra vez se están removiendo los muertos del barranco.

En segundos, un numeroso grupo de atentas mujeres nos acorraló.

—Anoche tu marido me pidió un favor —le dije.

Al escuchar que había hablado con el difunto, Luisa cerró los ojos y pareció que se iba a desvanecer. Antes de que cayera al suelo, me lancé hacia ella y, con ayuda de una vecina, lo impedí. Se armó un pequeño revuelo, en el que todo el mundo colaboraba. Sacaron una silla de otra casa, la sentaron y con un abanico intentaron reanimarla.

—Ya me encuentro mejor —dijo, ya repuesta, preparada para escuchar la información.

—Le prometí —dije con más de veinte vecinas atentas a mis palabras— que te entregaría esta carta.

Metí tan dispuesto la mano al bolsillo trasero y... no sé lo que pudo ocurrir, porque solo saqué un puñado de cenizas. Con la palma de la mano extendida hacia Luisa, mostrándole los restos quemados del papel, quedé tan confuso como el resto de los presentes.

—Os juro —decidí dar explicaciones— que traía una carta escrita por el herrero en el camión que lo trasladaba al barranco de Castro.

—Eso es un milagro —dijo, una mujer desde el fondo—. La Providencia no quiere que sepamos lo que el papel decía.

—¿No recuerdas las palabras escritas? —preguntó otra—. Quizá Dios quiere poner a prueba tu memoria.

Más por conocer el contenido de la carta que por demostrarles mi capacidad para memorizar, varias mujeres apoyaron la propuesta, animándome a que realizara un esfuerzo de evocación.

Hasta yo quedé sorprendido al reproducir, palabra por palabra, el texto que me entregó el herrero. Lo hice en medio de un denso silencio y, cuando acabé de recitarlo, nadie se atrevió a hacer comentarios.

Fue Luisa la que quebró el silencio.

—¡Dios mío! No me cabe ninguna duda de que son las palabras de mi marido. Son las mismas expresiones que siempre utilizaba.

Entonces, sin levantarse de la silla, acercó sus manos al rostro y comenzó a llorar de manera estrepitosa. Unas vecinas, también entre sollozos, intentaban consolarla. Pero llamó mi atención otra de las mujeres. Con disimulo, se separó del grupo, echó un pañuelo sobre su cabeza y, discretamente, tomó camino del Ayuntamiento. Sonreí de manera malévola. En pocos minutos, Barreiro entero sabría que los muertos del barranco de Castro estaban más vivos que nunca. Sabiéndome otra vez el gallo del corral, hinché el buche viéndola marchar. Sentí deseos de pedirle a la señora que saludara de mi parte al cabo de la Guardia Civil.

Antes de marcharme, le pedí a la esposa del herrero que pusiera la mano con la palma hacia arriba. Con cuidado, deposité en ella las cenizas y le cerré el puño para que el viento no las hiciera volar. Tras despedirme de Luisa y recibir de nuevo el fervor de las mujeres de aquella calle, regresé al chamizo. Lo hice a paso lento, regodeándome, paseando con porte chulesco, saludando con sorna a los vecinos que encontraba a mi paso. Aunque, la verdad, ansiaba llegar; no quería dejar mucho tiempo sin custodia el tesoro que escondía junto a los nidos de los chazarrines. Al pasar cerca de la fosa, detecté en el suelo unas pisadas de tamaño descomunal; por la profundidad de la huellas, su propietario debía de pesar un quintal. De pronto, descubrí que arrancaban desde el matorral que vi agitarse la noche anterior y continuaban hasta detenerse en el lugar donde caí al suelo. La persecución que sufrí había sido real y no fruto de la sugestión, como llegué a creer. Durante las últimas semanas, alguien estaba siguiendo mis pasos y espiándome. Además, las pisadas eran de un ser con un pie enorme y que no utilizaba calzado... ¡Joder! En ese instante caí: ahora sí estaba seguro de que se trataba del ogro, el hijo prometido del Kurchú. Del susto, me puse en pie y comencé a mirar a todo mi alrededor. Debía abandonar aquel lugar, evitar el peligro que, veinte años después y en forma de gigante, volvía a caer sobre los habitantes del valle. Como una condena, como si no tuviésemos suficiente con la Guerra, las desgracias se cebaban en Barreiro. Extremando la precaución, con los ojos bien abiertos, ascendí por los riscos hasta alcanzar el chamizo. Lo primero que hice fue situarme debajo del cedro y mirar hacia lo alto. Me tranquilizó el advertir que el zurrón continuaba oculto entre el ramaje.

Al acercarme a la cabaña, volví a escuchar gemidos que sonaban como sollozos. Pensando que Negrillo y su novia estaban de nuevo amándose, me asomé con cautela al interior. Pero no. Encontré a Carmita llorando sobre el hombro de mi hermano; desconsolada, se aferraba a su cuerpo. Negrillo, con semblante grave, mantenía la mirada perdida en un futuro incierto.

—Hoy mismo partimos para los Baños de Pereira —me informó. La muchacha estaba embarazada y había escapado de la panadería sin decirle nada a la familia. El procedimiento a seguir era el mismo que, desde tiempos inmemoriales, se practicaba en la comarca. Esa misma tarde, tomarían un tren en Oteca, que les dejaría en la estación de los Baños. Una vez allí, alquilarían una habitación durante una semana; un tiempo suficiente para que el padre de la preñada calmase la ira y la sed de venganza de los primeros momentos. Luego, los novios regresarían cabizbajos y, con la mano acariciando el vientre, pedirían perdón ante el cabeza de familia.

De esta forma, intentarían forzar una boda que lograra reponer el honor mancillado de la joven.

Negrillo me pidió prestado los escasos ahorros que había conseguido reunir para el pasaje del barco. Pronto me los devolvería. No me importó dárselos, ya no los necesitaba: nadie sospechaba que allí mismo, oculto entre las ramas del cedro escarlata, relucía mi viejo zurrón.

Mientras Negrillo metía en una bolsa la poca ropa que tenía, mi cuñada salió fuera del cobertizo y se acercó. Colocó mi mano sobre su vientre y, con los ojos aún llenos de llanto, me dijo:

—¿Quién sabe? A lo mejor se parece a ti.

Me hubiese gustado despedirme de otra forma, porque aquella mañana, cuando nos dijimos adiós junto al sendero que lleva al pueblo, ninguno de los tres sabíamos que nunca más nos volveríamos a ver.

Aturdido por la noticia del embarazo, olvidé decirles que anduviesen con cautela, advertirles de que el hijo del Kurchú había abandonado las montañas.

34

El contenido de la carta póstuma del herrero a su esposa deambuló de boca en boca por Barreiro, sacudiendo la conciencia de cada vecino. Nadie se atrevía a dudar de la autenticidad del testimonio. Las revelaciones que mostraba en sus pocas frases corroboraban lo que ya se sospechaba. Las palabras del dueño de la forja quedaron grabadas a fuego y hierro en los oídos de todos los que las escucharon. También en las del alcalde.

Para desazón de las fuerzas vivas de Barreiro, los difuntos habían vuelto a emerger a la superficie; de nada habían servido el incendio del solar, el estropicio originado por los neumáticos de los coches ni la procesión con el Cristo de la Luz. Era inútil combatir a los muertos con tácticas reservadas para luchar contra los vivos. La sensación de abatimiento volvió a apoderarse de las autoridades del pueblo.

El párroco había sido señalado con claridad por la guadaña que empuñan los muertos. Sobre su sotana recaía la acusación moral de once asesinatos. Entre dientes, hasta las beatas se lamentaban de la actitud de don Andresín que, siendo solo hombre, había jugado a ser Dios. Como si del día del Juicio Final se tratara, el cura había elegido con su dedo acusador quién debía ir al paraíso y quién debía ser arrojado a las llamas del infierno.

Esa misma noche, protegido por la oscuridad, me dirigí a la fachada de la iglesia para cumplir la promesa que aún mantenía pendiente con el herrero. Con el carbón que siempre guardaba en el bolsillo, escribí la frase que la noche anterior me dictó junto a la fosa. Remarqué, una a una y con saña, cada letra para hacerla más visible.

AUN MUERTO, SUEÑO CON UNA ESPAÑA
SIN CURAS, SIN MOSCAS Y SIN GUARDIAS CIVILES
FIRMADO: EL HERRERO

Años después supe que era una frase original de Pío Baroja. Seguro que el herrero la había memorizado muchas veces hasta hacerla suya.

La poca cordura que le quedaba al sacerdote desde que comenzó la Guerra, la perdió del todo cuando conoció el contenido de la carta que el preso había escrito minutos antes de su muerte y el manifiesto que su espectro había pintado en los muros de la casa de Dios. Sin desprenderse de la escopeta, que hacía meses colgaba noche y día de su hombro, cerró con violencia el portón del templo y se atrincheró en el interior.

Durante dos días estuvieron retumbando entre las bóvedas de la iglesia fuertes golpes, que la gente achacaba al vuelco de los bancos y a la rotura de las vitrinas que protegían santos y reliquias. Pero, al tercer día, el escándalo arreció. La gente se agolpó ante la puerta principal y escuchó nítidamente cómo el párroco le pedía explicaciones al Cristo de la Luz por haberlo dejado desprotegido ante los fantasmas de los enemigos del Señor. «¡Padre! ¿Por qué me has abandonado? ¿Por qué?», fue su última pregunta. Luego, desde el exterior del templo se oyó con claridad la acusación de ingrato que don Andresín dirigía al crucificado. Por último, apuntó con la escopeta de cartuchos a la llaga que el Hijo de Dios lucía junto al corazón y disparó, destrozando la talla. Al rato, y antes de sumirse todo en un siniestro silencio, volvió a sonar un último y solitario tiro.

Cuando lograron abrir el cerrojo de la sacristía, el espectáculo que encontraron en el interior del templo fue apocalíptico. Don Andresín, recostado sobre el Altar Mayor, había metido el cañón del arma en su boca, bajo el paladar. Seguidamente, con sumo esfuerzo y tensando al máximo el brazo, había logrado alcanzar el gatillo. Costó semanas limpiar el retablo de madera, que había quedado perdido de sangraza y hebras de sesos.

Al Jesús crucificado lo dejó hecho un cristo: le faltaba parte del tórax y el brazo izquierdo. Barreiro entero lloraba los desperfectos causados en su venerada talla.

35

Necesitaba un lugar tranquilo donde poder meditar durante un rato sin que nadie me molestase. Y no había otro sitio mejor para ello que la cueva. Caminaba hacia allí con los ojos puestos en los peligros del camino y el pensamiento zambullido en mis sueños. Lentamente, tomaba consciencia de la inmensa fortuna que escondía en el zurrón que reposaba en lo alto del cedro. Ahora conocía el plácido rostro de la suerte. Había sacado cuentas y los pedruscos no solo valdrían para llevarme a América, también serían un aval suficiente para presentarme en el nuevo continente como un potentado, dispuesto a invertir en los negocios más prósperos del momento. Un joven, apuesto y millonario, que paseara su buena estrella del brazo de la más hermosa de las mujeres.

Lo había pensado bien, España no vivía en el mejor momento para intentar el cambio de las bolas de oro por dinero contante y sonante. La Guerra, la envidia, la miseria. Quizá, la estrategia a seguir sería encontrar a un marchante y negociar con él el trueque de una sola de las piedras por dos pasajes a América, más un buen fajo de billetes con los que vivir a cuerpo de rey durante las primeras semanas.

Nadie debería saber de la existencia de los otros diez pedruscos. Una vez instalados Elisa y yo al otro lado del Atlántico y tras depositar el tesoro en la caja de seguridad de un banco, no sería difícil vender el contenido al mejor de los postores. En ese momento no me resultó disparatado imaginarme subido en lo alto de una montaña de dólares, fumando un puro y luciendo sobre la cabeza un flamante sombrero de copa.

En los alrededores de la cueva de nuevo descubrí con espanto las pisadas en el barro de un enorme ser descalzo. Las misma huellas que hallé junto a la fosa. La profecía, que dos décadas atrás había hecho el médico de Oteca, se había cumplido: el ogro había abandonado su guarida en las montañas y descendido al valle. De pronto, me percaté de algo extraño: reinaba un silencio absoluto en esa parte del bosque. No oía el canto de los ruiseñores ni el correteo de las liebres entre los helechos. Hasta los chopos habían dejado de mecerse por el viento. Un sol que deslumbraba ofrecía a aquel rincón del paraje una sensación de expectante quietud.

No di un paso y afiné el oído. A escasos metros de donde me encontraba, sentí ruidos imprecisos entre el follaje. Aún no sé cómo fui capaz de hacerlo, pero, sin apenas posar los pies en el suelo, me acerqué y miré entre unas ramas. ¡Dios mío, estaba allí! No me atreví a moverme para no delatar mi presencia. Era tan alto y robusto como nos contaba Ojopirri, aunque muy cargado de hombros. Andrajoso, iba vestido con harapos, con las ropas manchadas de hierba y barro, y desgarradas por los enganchones. No utilizaba zapatos y los pies le sangraban por varias heridas.

El ogro permanecía en cuclillas, de espaldas, arrancando matas y devorando con avidez sus raíces. De pronto, debió de escuchar algo y se volvió hacia mí. Pensé que me había descubierto, pero enseguida le adiviné una mirada indefinida y torpe, que delataba su falta de visión. No moví un músculo, ni siquiera parpadeé; fue un milagro, pero no detectó mi presencia; su mirada pasó de largo, como si hubiese sido un arbusto más. Enseguida, bajó la guardia y continuó trajinando debajo de la tierra. ¡Dios! El cabello enmarañado, la densidad de la barba y el espesor de las cejas, junto a la feroz manera de masticar los bulbos de las plantas, le daban un aspecto atroz: sin duda, de hombre lobo.

No podía quedarme por más tiempo allí, esperando como un conejillo asustado a que me descubriera. Con el hambre atrasada que mostraba la bestia, no tardaría ni un minuto en despedazarme. Debía hacer algo.

Con sumo cuidado, abandoné el lugar y decidí regresar al chamizo, donde guardaba el revólver, con las cuatro balas en su tambor. Una vez fuera del alcance del ogro, corrí como si me fuera la vida en ello. Dando grandes zancadas, enseguida me planté en el barranco de Castro. El arma estaba en el lugar donde la había ocultado. Había llegado el momento de utilizarla.

Sin tiempo que perder, me encaminé de nuevo al paraje donde había descubierto al hijo del Kurchú. Hice el trayecto sin bajar la guardia, con el cañón de la pistola por delante y el dedo en el gatillo, listo para acabar con aquella leyenda viva. Me temblaba la mano, aunque, la verdad, después de contemplar al monstruo de cerca, me había parecido torpe de movimientos y no muy complejo de matar. Pensé que no resultaría difícil atinarle con un tiro en la cabeza.

Cuando me encontraba cerca del lugar, aminoré el paso y actué con mucho sigilo. Abriéndome paso entre las matas, alcancé el sitio donde antes había avistado a la bestia. Al llegar, el ogro ya no se encontraba allí: había desaparecido. Con cuidado, fui mirando por los alrededores, no podía haber ido muy lejos. De pronto, oí un ruido y vi moverse algo entre la maleza. Apreté con más fuerza aún el arma y, con cautela, me acerqué. Aún no había llegado al matorral, cuando, ¡zas!, unos brazos enormes me apresaron por detrás y me elevaron a un metro del suelo. Impotente, empecé a gritar como un poseso y a patalear como un monigote en el aire.

—¡No me comas! ¡No me comas! —suplicaba. Estaba convencido de que vivía los últimos segundos de mi vida. Fue en ese momento, cuando me di cuenta de que aún tenía el dedo colocado sobre el gatillo. Apreté.

El disparo debió de sonar en todo el valle, pero no logró alcanzar al hijo del Kurchú, porque comenzó a zarandearme con furia, hasta que el revólver cayó al suelo. Entonces, me lanzó a un lado y se abalanzó sobre él, lo tomó entre sus manos y, apuntándome, gritó:

—¡Imbécil! Ahora vendrá la Guardia Civil.

Allí, indefenso y con los brazos en alto, quedé atónito, sin alcanzar a entender cómo un ogro, un ser del bosque, sabía manejar un arma y podía sentir tanto temor como yo por la presencia de la pareja de la Benemérita.

—¡No me comas! —volví a implorar entre sollozos, a gritos, sin bajar los brazos y con el miedo haciéndome temblar—. ¡Te daré lo que pidas!

—¡No grites, imbécil, o te callo a balazos! —me amenazó, sin dejar de apuntar con el arma. Al contemplar con horror sus ojos enrojecidos y la ferocidad de su rostro, pensé que no tardaría en matarme. O a zarpazos o a tiros.

Reaccioné de una forma extraña: cerré los ojos y empecé a gritar, como una niña que intenta espantar un peligro.

—¡Cállate de una vez! —gritó a la vez que sentí un certero bofetón sobre mi rostro que me lanzó al suelo y logró calmar de sopetón mi histeria. Luego noté cómo me agarraba de la pechera...—. ¡Cálmate! ¡Por favor te lo pido! No te voy a hacer daño.

No daba crédito a lo que había escuchado, un gigante hablando con modales..., pidiendo las cosas por favor...

Abrí los ojos muy despacio, tragué saliva y le pregunté con palabras interrumpidas por el temor y con apenas un hilillo de voz:

—¿Quién es usted? ¿El hijo del Kurchú?

Sin soltar mi camisa ni bajar el cañón de la pistola, acercó su fiero rostro a mi cara y dijo:

—¿Es que tengo yo pinta de ogro? ¡Imbécil!

—No, la verdad es que no —le mentí con voz entrecortada, sintiendo la presión de sus manazas cerca de mi pecho, sin apenas poder resistir el infernal aliento que brotaba de su boca.

Poco a poco, fui notando como sus enormes dedos iban aflojando el apretón y se retiraba hacia atrás.

—¿Qué tontería es esa del hijo de Kurchú? Eso no es más que otra leyenda de pastores.

—Entonces... —le pregunté, aún echado en el suelo y sin bajar la guardia—, ¿qué hace usted vagando por el bosque, descalzo, con la ropa hecha jirones y comiendo las raíces de los arbustos?

—Soy el alcalde depuesto del vecino pueblo de Arriaga. Hace una semana que escapé del cerco de los nacionales. He oído hablar de las andanzas de los Lajara por esta comarca e intento unirme a ellos. ¿Sabes por dónde andan?

Me ofreció su mano para ponerme de pie. No me fiaba de las intenciones de aquella mole de carne y pelo. Dudaba entre aceptar su ayuda o colarme a gatas por debajo de sus piernas y huir al bosque.

Miré el cañón de la pistola, con la que no cesaba de apuntarme, y no vi otra salida que alargar el brazo y aceptar su apoyo.

Tiró con fuerza de él y me puse en pie. Me sentía como un pelele al lado de su descomunal estatura.

—Perdona por el bofetón, pero no he encontrado otro método para hacerte callar. ¿Cómo te llamas, muchacho?

—Marcial Cardeñosa Osco —respondí de un tirón, como cuando don Alejo nos obligaba a levantarnos del pupitre y decir nuestro nombre en alto. Y añadí—: Soy pastor.

—¿Pastor? —preguntó, elevando con sorpresa las frondosas cejas que coronaban sus ojos—. ¿Y tienes rebaño?

Al escuchar la nueva pregunta, la primera imagen que vino a mi mente fue la de aquella bestia matando a dentelladas a mis ovejas y, luego, devorándolas en crudo. Guardé silencio.

—Contesta. ¿Te has quedado mudo? —dijo, colocando la garra sobre mi hombro y dándome un pequeño zarandeo. Sentí sus sucias uñas clavarse en mi piel, exigiendo una respuesta.

No me atreví a mentir.

—Sí, tengo un pequeño rebaño. Pero no es solo mío: comparto la propiedad con mi hermano. Es lo único que poseemos.

Al oír mi afirmación, una sonrisa de satisfacción le hizo abrir la boca de lado a lado, mostrando entre sus dientes restos de los bulbos que acababa de engullir.

—¡Un pastor y su ganado! Puede ser una coartada perfecta. Fue entonces cuando me confesó que necesitaba de mi ayuda. Había perdido las lentes y su miopía no le permitía valerse por sí mismo.

—No veo más que bultos y sombras. Llevo casi tres años, desde el inicio de la Guerra, escondido en mi pueblo, en el interior de un habitáculo subterráneo de reducidas dimensiones. Un grupo de vecinos me ha estado alimentando durante todo este tiempo. Al conocer que la derrota final del ejército republicano es inminente, he decidido salir del escondite e intentar alcanzar el mar, para después huir hacia un país libre.

Lentamente, aunque con reservas, comenzaba a dar crédito a las palabras del gigante. Hacía un esfuerzo por aceptar como cierta la historia que aquel ser deforme contaba. Sin embargo, cuando me detenía a mirar sus pies llenos de roña y restregones de sangre seca o la pelambrera de color pardo que brotaba entre los rotos de su ropa, sentía los escalofríos que padecería cualquier persona que estuviese a un metro escaso del hijo del Kurchú.

—Voy a confesarte algo, Marcial —dijo en un tono que delataba su intento de ganar mi confianza—. La tarde que escapé del Ayuntamiento, cuando los soldados nacionales se hicieron con el poder del pueblo, lo hice portando una maleta con las arcas municipales. Desde ese día, no me he separado de ella... Está enterrada no muy lejos de aquí.

Noté nervioso al alcalde de Arriaga. La Guardia Civil debía de haber oído la detonación y pronto aparecería. La situación debió de pesar en su cambio de actitud, porque dejó de apuntarme y guardó la pistola en su pantalón.

—Debemos marcharnos de aquí, pronto vendrán a averiguar el origen del disparo. Necesito la ayuda del maqui para alcanzar la costa y solo tú puedes llevarme hasta ellos. Te recompensaré.

El tiempo corría en su contra, así que se sinceró aún más conmigo. En aquel entorno, solo yo podía socorrerlo.

—Mi objetivo es convencer a los emboscados para que me lleven hasta el puerto de Bermeo. Allí, dentro de dos semanas, hará escala un mercante con bandera holandesa: El Tulipán. Solo permanecerá una jornada atracado en la dársena del puerto; y ese día debo estar allí. Viajaré a Méjico como un marinero más de la tripulación. No puedo perder ese barco —continuó diciendo—, es el último que partirá hacia América. También mi única oportunidad de seguir con vida.

América y barco. El ogro había nombrado dos palabras que sonaban a paraíso para mí. Me quedé aletargado. América y barco. Y sólo dos semanas me separaban del sueño. Debió de notar mi parálisis, porque añadió:

—Ya lo sabes: tengo una pequeña fortuna enterrada en el bosque. Si me ayudas, repartiré el botín contigo. Puedes confiar en mí. Solo debes conducirme hasta los Lajara. Debemos darnos prisa, no podemos continuar aquí —dijo mirando a uno y otro lado—; la Guardia Civil no tardará en llegar.

No sabía qué decir. Mi mente seguía anclada en el puerto de Bermeo. De nuevo el destino volvía a colocar en mis manos las llaves para un esplendoroso futuro. Primero fue el anillo; después, el oro y ahora, un barco con destino a América. El último. Al escuchar el plan de huida, mi mente se puso en guardia y mis sueños volvieron a tomar cuerpo.

Sabía que el de Arriaga no estaba en condiciones de rechazar mi petición.

—No quiero su dinero —dije con firmeza; él no sabía que yo guardaba en el cedro una bolsa con once pedruscos de oro—. Le ayudaré a alcanzar el mar, pero solo a cambio de una cosa: dos plazas en ese mercante holandés.

Quedó extrañado al escuchar mi única pretensión, pero no tardó en responder.

—Está bien —no le quedó más remedio que acceder a mi propuesta—. Creo que no habrá problemas en que el capitán del barco acepte dos pasajeros más. ¿Quién es la otra persona que vendrá con nosotros?

—Mi novia —dije sin dudar.

Decidí esconder al hombretón en mi cueva, a salvo de los peligros que acechaban en el mundo. Debido a la envergadura de su cuerpo, costó trabajo acomodarlo en la cavidad. No podía dar un paso. Traje agua del arroyo y arranqué unas matas de mejorana. Estaba sanándole las llagas de los pies, cuando escuchamos pisadas de botas que rastreaban el exterior. El de Arriaga se puso tenso, empuñó de nuevo la pistola y apuntó con ella hacia la entrada de nuestro escondite.

—¿Anda alguien por ahí? —escuchamos la voz del cabo. Eran los guardias, que recorrían el bosque en busca del autor del disparo.

Sin hablar, colocando mi mano sobre su boca, le pedí silencio. Debíamos dejarlos pasar. No nos descubrirían: la boca de la gruta era casi imposible de detectar.

Aguardé, más de una hora en el interior de la cueva haciendo compañía al alcalde, en espera de que el bosque quedara despejado. Debía regresar al barranco para terminar de arreglar al ganado; además, no quería dejar mucho tiempo sin vigilancia los pedruscos que escondía junto a los nidos de los chazarrines. Al abandonar la gruta, surgió en mí alguna duda. Aunque no se lo había preguntado, sabía que había sido el ogro el que estuvo espiando entre las ramas, el que se acercó hasta mí la noche en la que los difuntos me entregaron las bolas de oro. No podían ser de nadie más las enormes huellas que descubrí en el barro. Sin embargo, también estaba seguro de que, debido a su problema de visión, no habría logrado ser testigo de la donación.

No podía ocultar mi felicidad. Atravesé el tramo que discurría entre la cueva y el chamizo dando brincos de alegría; me sorprendí a mí mismo haciendo piruetas y cabriolas por el aire, saludando con silbidos a los pájaros que, posados sobre las ramas, miraban mi dicha pasar. Un par de veces me detuve por el camino, cerré los ojos y aspiré con fuerza: no imaginaba que la felicidad oliera como las flores. Había sido una suerte toparme con el alcalde de Arriaga. Desde el momento en el que le escuché hablar de un barco que partiría hacia América, sentí que estaba acariciando mi sueño con la punta de los dedos. Pronto volvería a encontrarme con Ojopirri al otro lado del Atlántico. Menuda sorpresa se llevaría cuando me viera aparecer en América con Elisa Febrero cogida de mi brazo.

Aunque en mi corazón solo había espacio para Elisa, no lograba olvidar las muchas leyendas que escuché a lo largo de mi infancia sobre ese mundo que nos aguardaba al otro lado del Atlántico. Contaban que el mejor invento de los españoles habían sido las mulatas. Esas maravillosas mujeres, hijas de padre español y de madre esclava, eran la mejor aportación que nuestro país había hecho al continente americano. «¡Que no os engañen! Ni el idioma (ellos ya tenían una lengua cuando llegó Colón), ni la religión católica (que sólo sirve para que los curas coman cocido de pelotas tres veces por semana): la más destacada contribución de los españoles al Nuevo Mundo han sido las mulatas», afirmaba con rotundidad Ojopirri, descubriéndonos a esas diosas de color. Nos hablaba de su piel oscura, de su cabello espeso y áspero; de sus enormes pechos, en los que resaltaban unos pezones negros como el ébano, que «cuando los muerdes evocan su pasado africano». Viajeros que habían regresado aseguraban que el brillo en los ojos de aquellas divas delataban su lascivia incontinente; «Lo más vistoso de ellas —decía Ojopirri—, además de esos labios carnosos que te susurran obscenidades al oído, es su culo generoso y duro». «La vulva de estas mujeres es algo único en el mundo, solo con acariciarla, se te derrite en la mano».

Cuando acababa de ofrecer detalles sobre las morenas, daba un suspiro de añoranza y, seguidamente, añadía: «... Y pensar que América está llena de mulatas». Puedo asegurar que, al término del relato, los pastores que escuchábamos esta historia teníamos el pene erecto, apuntando con él a América, al igual que las estatuas de Cristóbal Colón hacían con el dedo. Al minuto, nos desperdigábamos por los matorrales para calmar cada uno su sed de hembra; todos menos uno, al que llamábamos Torino, que se metía en el rebaño buscando a *Rosa,* su favorita. En más de una ocasión, los descubrí juntos haciendo el amor, o como se llame al acto de fornicar entre un hombre y una borrega.

Ya de madrugada, una vez más, sentí los lengüetazos de *Fetén* sobre mi rostro. Me animaba a ponerme en pie y dar una vuelta por el fondo del barranco. El día había sido muy intenso, una jornada de muchas emociones, y estaba sumamente cansado. Aticé unos manotazos al aire para espantar al fantasma del perro. Me abrigué bien con la manta y me di la vuelta con la intención de continuar durmiendo. *Fetén* insistía, pero yo continuaba firme en mi propósito.

Entonces, empecé a escuchar voces provenientes del fondo del barranco: los espectros estaban allí de nuevo. Adiviné la voz de algunos de ellos. La de don Alejo era inconfundible.

Esa noche, no tenía pensamiento de asomarme a los riscos. Además de cansado, estaba seguro de que los muertos querrían preguntarme si había entregado ya las piedras de oro al gobierno legítimo de la República. *Fetén* seguía lamiéndome la cara para que me despejara. Decidí hacerme el dormido.

—¡¡Ese oro no es tuyo —oía gritar con enojo—. Es del doctor Negrín!!

—¡¡Entrégaselo ya!!

—¡¡No puedes quedártelo: es para la causa!!

¡Qué pesados! Imaginaba a los once mirando hacia lo alto, con las palmas de las manos colocadas alrededor de la boca, haciendo un altavoz. «¡Entrégaselo a Negrín!» Continuaron dando la tabarra y reclamando la devolución de los pedruscos de los jorobados durante más de media hora. Yo resistía dentro de la cabaña, con los ojos apretados, las manos tapando mis oídos, ajeno a sus reclamos. Por supuesto que, esa noche, fui fuerte y no descendí hasta el terruño. Aunque, en ocasiones, tuve la tentación de asomarme a las rocas y decirles la verdad, para que de una puñetera vez me dejasen tranquilo. ¿Cómo pretendían que cruzara el frente de guerra y llegase hasta Valencia? ¿Volando? ¿Acaso no sabían que el gobierno estaba cargando hasta los muebles en barcos para marchar al extranjero? ¿No estaban al tanto de que los restos del ejército republicano huían despavoridos hacia la frontera con Francia?

Ajeno a las voces, me quedé dormido.

¡Qué molestos eran a veces aquellos muertos!

36

Ese día, nada hacía presagiar la desgracia que iba a ocurrir por la tarde.

Como venía ocurriendo desde que marchara con Carmita camino de los Baños, volví a echar de menos la compañía de Negrillo. Se acercaba la fecha de partir y sentía con más fuerza la ausencia de mi hermano. Al menos, me hubiese gustado ofrecerle un fuerte abrazo de despedida. Ahora, todo el trabajo del ganado había recaído sobre mí. El pastoreo y, también, la limpieza del corral. Así que andaba escaso de tiempo para los muchos asuntos que debía solucionar antes de iniciar la partida. Por suerte, había sido un buen año de lluvia y no tenía que desplazarme lejos para que las ovejas encontrasen abundante pasto.

Acerqué pan, fruta y agua al inquilino de la cueva; debía cuidarlo, ayudarle a reponer sus menguadas fuerzas y volví a sanar las heridas de sus pies; los emplastos de mejorana estaban haciendo un milagro con sus llagas. Comprobé que aún desconfiaba de mí, porque no se desprendía del revólver ni un segundo. Le hice partícipe del sencillo plan que había pensado para alcanzar nuestro objetivo: ya no haría falta que acudiésemos al bosque a solicitar el apoyo de los primos Lajara. Bermeo se encontraba a dos jornadas a pie de Barreiro. Cuando todo estuviese dispuesto, disfrazados los tres de cabreros, conduciríamos el ganado hasta el mar. Como unos pastores más en busca de sustento para sus ovejas, guiaríamos nuestro rebaño por valles y montañas hasta alcanzar el puerto del pueblo pesquero. Le pareció una idea perfecta.

—Al partir —me dijo—, debemos dar un rodeo con el ganado para desenterrar la maleta con los fondos municipales. Aún no conozco a tu novia. ¿Piensas traerla un día?

Le enseñé el anillo de compromiso que llevaba prendido en mi dedo con su nombre.

—Elisa —leyó, acercándoselo excesivamente a los ojos—, qué nombre tan bonito.

En un principio, pensé en no decirle quién y cómo era la mujer que nos acompañaría a Méjico, la dama que había conquistado mi corazón. Pero luego decidí no ocultárselo por más tiempo.

—Ella aún no sabe que nos marcharemos a América dentro de unos días —empecé diciendo—; todavía no se lo he dicho.

—¿Y a qué esperas? —preguntó—. Debería saberlo ya para ir preparando el viaje. Apenas quedan ocho días para partir en busca del mar: el 6 de abril, *El Tulipán* mantendrá la escalerilla tendida para que subamos a bordo.

Entonces le conté quién era Elisa; cuál era su situación personal, su aspecto de ángel y su edad.

—Debe de andar por los veintitantos.

—¿Estás hablando de la mujer de Alberto de Pascual, el abogado? —Al parecer, había conocido a su marido—. Por Dios, Marcial, ¿cómo puedes pensar que una mujer así lo dejará todo para huir contigo? Tú no estás bien de la cabeza.

Me sentó tan mal el comentario que ni siquiera intenté rebatirle sus palabras. Me dieron ganas de gritarle que para el amor no hay diferencia de edad, ni de raza, ni de condición social; que hasta un ser con aspecto de monstruo como él puede lograr el amor de una hermosa mujer. Pero no dije nada. Me levanté visiblemente contrariado, decidido a marcharme de allí.

—¿Dónde vas? —dijo, sujetándome con fuerza e impidiendo mi marcha. El ogro sabía que yo era la única posibilidad que guardaba para lograr escapar del cerco de sus enemigos.

—¡Suéltame! —Intenté, sin éxito, deshacerme de su sujeción—. Voy a algún lugar donde no intenten pisotear mis sueños.

Me pidió perdón por su comentario, por dudar de mi capacidad de seducir y amar a una señora del calibre de Elisa.

—Acepta mis disculpas, por favor.

No me soltó hasta que accedí a perdonar su grosera incredulidad. En silencio, me juré demostrarle de lo que yo era capaz.

Continuamos la conversación perfilando el plan de huida.

—¿Seguro que no vas a querer una parte del dinero que escondí en el bosque? —preguntó durante la charla, extrañado de que un pastor pobre como yo no mostrara el más mínimo interés por el contenido de la maleta con las arcas municipales.

Medité mi respuesta durante unos instantes.

—No lo necesito: yo también soy rico —dije muy serio.

Soltó una carcajada de incredulidad al escuchar mi respuesta. Otra vez, me consideraba un iluso o, lo que es peor, un embustero. Permanecí con el gesto grave, a la espera de que acabase de reír.

Aunque advirtió la sobriedad de mi gesto, no logró detener la risa.

—Perdona, Marcial, pero no he podido evitarlo —dijo secándose las lágrimas de los ojos—. No te enfades conmigo: me ha hecho mucha gracia tu respuesta.

¿Qué había creído ese grandullón? ¿Que era la única persona con dinero en aquel bosque? Retado quizá por la actitud engreída del ogro, cometí el grave error de adoptar una actitud fanfarrona. Inflé el pecho de orgullo y le hablé de los pedruscos de oro que llevaría conmigo en el viaje.

—Yo también guardo un tesoro: once piedras de oro del porte de una nuez —revelé, en tono desafiante.

Al oírlo, de nuevo respondió con una risotada descomunal. Me marché sin más. No me apetecía seguir hablando con aquella incrédula bestia.

Al salir de la cueva y tomar el camino del barranco, me sentía raro. Resultaba absurda la maraña de sensaciones que recorrían mi interior. Durante años, había ansiado tener dinero para comprar un pasaje que me alejara de la ingrata tierra que me vio nacer; un billete sellado que me permitiese subir a un barco, desde cuya cubierta hacer un corte de mangas a la miseria que dejaba en la orilla. Ahora, disponía de él. Poseía el capital suficiente para cruzar mil veces el Atlántico. Y además, en pocos días, dispondría de un mercante, *El Tulipán,* esperando en el puerto de Bermeo mi llegada para levar anclas y partir hacia Méjico. ¡Maldita sea! En esos momentos tenía todo lo que había ambicionado y, de repente, no era feliz. Así de extraña es la naturaleza humana. Nadie sabe hasta qué punto anhelaba que Elisa Febrero lo dejase todo para emprender juntos el viaje hacia ese futuro que se abría ante nosotros.

Sin apenas darme cuenta de ello, me había enamorado hasta los huesos de esa mujer. Durante el pastoreo, me descubría a mí mismo, echado sobre la hierba, con las manos cruzadas tras la cabeza, mirando al cielo. Gastando el tiempo, intentando descubrir a un ángel rubio entre las caprichosas formas que iban adquiriendo las nubes en su viaje tierra adentro. Hasta las ovejas debían de advertir mi condición de enamorado, porque se colocaban en círculo a mi alrededor para observar la cara de gilipollas que debía de poner durante la placentera contemplación.

Estaba decidido. Tenía el corazón tan trastornado que, si Elisa decidía no embarcar, dejaría pasar la oportunidad de marchar a América y me quedaría errando por estos valles para, simplemente, poder estar cerca de ella, aguardando el momento en el que el ángel rubio me pidiese huir juntos.

Fue un arrebato el que sufrí ese día. Recogí las ovejas antes de tiempo, las dejé resguardadas en el corral y tomé el sendero que llevaba a Barreiro. Debía convencer a la viuda de Alberto de que ese era el momento idóneo para abandonar España, un país al que entre unos y otros habían convertido en un enorme cementerio sembrado de cadáveres; un lugar donde cada madrugada miles de espectros vagaban suplicando una sepultura digna. Por otro lado, no alcanzaba a entender cómo Elisa, tras el descubrimiento del anillo y tras el beso en su portal, no había intentado escapar de la prisión donde la retenían la alcahueta de Gertrudis y el chulo del sobrino de Olivares. Más temprano que tarde, una noche, rompería las cadenas morales que la apresaban y acudiría al encuentro con su marido. Por mucho que quisieran hacérselo olvidar, ella continuaba enamorada de Alberto.

Una vez más, me encontraba de pie frente al domicilio de Elisa. Me costaba decidirme a llamar. Estaba a punto de golpear con los nudillos su puerta, cuando una intuición logró frenarme.

El automóvil de color granate estaba estacionado frente a la casa. Me oculté tras él y comencé a lanzar piedrecitas contra la puerta. Una; otra; otra más. Enseguida constaté mis sospechas. Estaba en lo cierto. De pronto, se abrió el portón y un aciago rostro, en el que refulgía como la hoja de un machete una nariz de metal, se asomó. Miró a un lado y a otro; no descubrió a nadie. Entonces vio en el suelo del portal las chinas que habían golpeado el cristal. Intentando averiguar el misterio, levantó la mirada y la dirigió al frente. En el último momento, conseguí agacharme sin que me viera. En segundos, oí el portazo. También sentí el estrepitoso golpe en el corazón.

Llegaba contrariado al chamizo, cuando apareció una caravana de vehículos levantando el polvo del camino viejo que conducía al barranco de Castro. El convoy lo formaban seis o siete coches. De nuevo, estacionaron los automóviles rodeando la fosa donde descansaban los cadáveres de los republicanos. De uno de ellos, descendió, con la disposición de un rey, un señor que vestía una capa roja y cubría su cabeza con una enorme chapela de color negro. Luego supe que se trataba del Chicarrón, un cazador de fantasmas muy conocido por el valle del río Ibaizábal. A pesar de su apodo, era de constitución enclenque y no sobresalía más de unos pocos palmos del suelo. No iba armado y se le veía sereno. Al contrario que la veintena larga de acompañantes que lo escoltaban, que bajaron de los coches, tensos y con las armas dispuestas para abrir fuego. Lo había hecho venir el alcalde, en un último y desesperado intento de acabar con la pesadilla de los once fusilados. Era tenaz en su empeño el mandatario de Barreiro. ¿No había tenido suficiente con los fracasos cosechados en los anteriores tanteos?

El Chicarrón tenía fama de ahuyentar los espectros de los muertos que incomodaban la vida de los vivos. Su último trabajo lo había cumplido con éxito en el castillo de los vizcondes de Ramoneda, donde el espíritu de un antiguo mayordomo incomodaba a la señora. La vizcondesa encontraba al lacayo en todas partes: sentado en su sillón orejero, leyendo con desfachatez la prensa inglesa, cobijado en el interior de un armario, husmeando su ropa interior; o masturbándose con descaro en un rincón del aseo, mientras ella se daba un plácido baño de espuma. El de Ibaizábal consiguió hacerlo salir de la residencia de aquellas nobles personas utilizando secretas martingalas. Luego, colocó un lazo rojo en cada una de las puertas del palacio, impidiendo así que el fantasma volviese a entrar. Tras varias semanas vagando por los bosques cercanos, el criado apareció a miles de kilómetros de allí, en la mansión de una baronesa de Baviera. A la alemana no debieron de importunarle demasiado las extravagantes apariciones del pícaro mayordomo, pues, que se sepa, ya nunca abandonó aquella residencia.

Pero el caso más llamativo que el Chicarrón solucionó, el que le dio fama por toda la cornisa cantábrica, fue el del monasterio del Crisol. Allí, durante más de treinta y cinco años, anduvo vagando a sus anchas el ánima de un fraile benedictino, que había muerto loco a finales del XIX. Fray Arturo se escondía en cualquier sitio y daba descomunales sustos a los monjes durante la hora del rezo y la de la siesta; lo mismo orinaba en las botellas del vino de consagrar que sustituía las biblias de los religiosos por ejemplares ilustrados del Decamerón. En las noches, gemidos similares a los emitidos durante los actos carnales retumbaban en la galería porticada del claustro, impidiendo el sueño de los miembros de la orden. Eran muchos los hermanos que debían flagelarse a medianoche para ahuyentar pensamientos pecaminosos. Pero la situación se tornó insostenible después de que un domingo, durante la misa, el espectro del demente apareciera encaramado al botafumeiro, balanceándose de punta a punta del templo, profiriendo fuertes carcajadas, escupiendo gargajos y sembrando el pánico entre los asistentes a la sagrada eucaristía. A lo largo de todos esos años, cinco hermanos habían fallecido por ataques cardíacos tras sufrir una inesperada aparición y más de cincuenta habían colgado los hábitos en sus celdas y huido despavoridos hacia el mundanal ruido. Fray Arturo se había convertido en un serio obstáculo para las vocaciones benedictinas.

Después de pernoctar durante tres noches en el convento y estudiar a fondo las costumbres y la personalidad del fraile loco, el Chicarrón consiguió acorralarlo en lo alto del campanario y hacerlo saltar al vacío por uno de sus arcos. Todos fueron testigos del hallazgo de un desaliñado hábito estrellado a los pies de la torre.

Tras descender del coche que lo había trasladado al barranco de Castro, el cazador de fantasmas pidió a los hombres que lo acompañaban que permanecieran en silencio y expectantes alrededor de la fosa donde estaban enterrados los republicanos muertos. Él se introdujo en el solar y, sin desprenderse de la enorme boina, descolgó de su espalda la capa roja; con elegante aire torero, fue pasándola sobre la tierra. Durante un rato, estuvo empleando artes taurinas: lo mismo parecía estar llamando un toro con una verónica, que dando una magistral chicuelina. Era tal el espectáculo, que el cabo de la Guardia Civil no pudo reprimir un ¡olé! y ovacionó al maestro con unas palmas. Aquello descentró al vascongado que, una vez perdida la concentración, pidió de muy malas maneras respeto a su trabajo y ordenó al guardia permanecer en el interior de uno de los automóviles. El Chicarrón, visiblemente enojado, abandonó el terreno de lo que había sido el mapa de América del Sur y, de nuevo, comenzó el ritual desde el principio.

Desde mi privilegiado mirador lo vi todo. Pronto, empezó el cielo a teñirse de un color rojizo, similar al de la capa utilizada por el médium, y a levantarse un molesto viento, que soplaba a rachas al compás de los exquisitos movimientos del mantón. Los árboles comenzaron a doblarse con violencia y los matorrales, arrancados de raíz, corrían por el paraje como animales que huyen despavoridos de un incendio. Pero solo cuando el espiritista sacó del maletero de un automóvil el retrato ampliado del general Francisco Franco enfundado en su abrigo de campaña, el viento se tornó en vendaval. Fue un extraño fenómeno atmosférico. Las ráfagas eran de tal envergadura que, a los veinte acompañantes del Chicarrón, les costaba mantener la verticalidad. Todos estaban convencidos de que se encontraban en la fase álgida del esperado encuentro: el momento de la salida de la fosa de los once fusilados.

El plan previsto consistía en, una vez aflorado a la superficie, hacer huir del solar al grupo de republicanos mostrándoles la fotografía del caudillo invicto. Avanzando a pie tras ellos, el de Ibaizábal estaba dispuesto a perseguirlos, amenazándolos con la atroz visión de la foto a través de cordilleras, cuencas y desfiladeros, hasta hacerlos llegar a Irún. Una vez allí, obligarlos a cruzar la frontera con Francia y marchar al exilio. Cuando hubiesen pisado suelo del país vecino, colocaría un descomunal lazo rojo sobre la aduana que los impediría volver a penetrar en España. De esta sencilla manera, dejarían de perturbar la conciencia de la gente de bien y quedarían vagando por suelo francés «durante toda la eternidad».

Pero nada ocurrió como estaba previsto. Yo, que permanecía contemplando la ceremonia desde arriba, oculto entre los riscos, vi al cedro escarlata más encarnado que nunca. Preocupado, subí por una rama, descolgué el zurrón y miré en su interior: las bolas de oro aparentaban ser de fuego. Abajo, el fuerte viento formó remolinos de tierra que impedían ver más allá de unos metros, mientras los arbustos arrancados del suelo golpeaban a los escoltas que permanecían circundando el solar. En el centro, el vascongado, con la capa al aire y el retrato del Caudillo en alto, parecía estar en trance.

Debió de ser uno de los acompañantes el que, preso del pánico, disparó el primer tiro. Al parecer, confundió al matorral que se había aferrado a su espalda con uno de los once muertos que, surgido de las entrañas de la tierra, lo asaltaba por detrás. No dudó en apretar el gatillo. A partir de esa detonación, sin saber quién los atacaba, se sucedieron los escopetazos y los estallidos. La ventisca impedía ver más allá de un par de metros. Los escoltas disparaban a todo lo que se movía, pensando que los espectros habían salido de la fosa con intención de abalanzarse sobre ellos. Fueron solo dos los minutos que duró la confusión, pero resultaron suficientes para que todos aquellos que los vivimos no lo olvidásemos nunca. Al cesar las ráfagas de tierra y aire, se produjo una repentina calma. Una extraña quietud invadió el barranco. El solar apareció cubierto por una enorme montaña de maleza y matojos. Todos se apresuraron a retirar la maraña, encontrando bajo ella, acribillado por decenas de balas, el cuerpo inerte del Chicarrón. La fotografía ampliada del general invicto también sufrió daños: estaba atravesada por un solitario tiro en mitad de su despejada frente.

El alcalde, desesperado por el nuevo fracaso, rodeado en silencio por las fuerzas vivas de Barreiro, cubrió el rostro con sus manos.

Para evitar que cundiera el pánico entre la población, las autoridades no achacaron la muerte del espiritista a los espectros de los fusilados, y atribuyeron los hechos a una emboscada perpetrada por los primos Lajara.

Una vez más, regresaron cabizbajos a la ciudad, derrotados por un invisible ejército de almas. En ningún momento daba la impresión de que los nacionales estuvieran a punto de ganar la Guerra.

37

De forma inexorable, la mecha del tiempo estaba prendida. Conté con los dedos y descubrí atónito que faltaba menos de una semana para que *El Tulipán* levara anclas y pusiese rumbo a América. La fecha del 6 de abril pendía sobre mi cabeza, como la espada desenvainada de Damocles. No podía dilatar un día más la visita definitiva a Elisa Febrero, el encuentro en el que perfilaríamos nuestra vida en común en la otra orilla del mundo. Tenía tantas cosas que contarle que no sabría por dónde empezar. Un zurrón colmado de oro, un mercante esperando en Bermeo, un periplo inolvidable por los hoteles más lujosos del continente americano. No había tiempo que perder.

Tomé el sendero en dirección a Barreiro. Desde que Negrillo se llevara a la novia, temía toparme con el panadero. Debía mantenerme atento por si, en cualquier momento, aparecía. Lo imaginaba armado con la escopeta de caza, intentando restablecer a tiros el mancillado honor de su hija. Pero no, no irrumpió por el chamizo. Carmita debió de dejar una nota a sus padres, o a una amiga, explicando las intenciones de mi hermano y advirtiendo del rápido regreso de la pareja, para que fueran cosiendo el traje de novia, encargando la boda en la iglesia y tejiendo algún hato de acristianar para el bebé.

Al pasar por la fosa, me detuve un instante. Me agaché y cogí un puñado de tierra de la que cubría a los muertos. Estaba oscurecida por la humedad. La acerqué a la nariz: olía a reconciliación. No dudé en echarla al bolsillo.

La calle donde vivía la viuda de Alberto estaba muy transitada a esa hora. Sin saber muy bien cómo actuar, la recorrí varias veces de arriba abajo, por una acera y por la otra. No sabía si sería más conveniente llamar, aguardar a que saliese o esperar a que se abriera la puerta y colarme en el interior. En realidad, era el miedo a un hipotético fracaso lo que sembraba de dudas mi forma de actuar. De pronto, vi abandonar la casa al sobrino de Olivares, a la vez que un grupito de chazarrines se posaba en la barandilla del mirador. Era el momento que tanto había esperado.

Me detuve en su portal, como quien llega al vestíbulo del cielo, y golpeé la puerta con suavidad.

Esperé.

No tardó mucho en que la mirilla circular de la puerta comenzara a desplazarse con sumo cuidado hasta que unos ojos maravillosos se dejaran ver tras la rejilla.

—Abre, Elisa —dije, acercándome a la abertura—. Necesito hablar contigo. Es urgente —añadí.

De golpe, la pequeña celosía volvió a cubrirse, desapareciendo también los ojos.

—Abre, por favor —insistí, sin cesar de golpear la puerta—. Abre.

Era inútil. Apoyé el oído y solo escuché el impresionante silencio que reinaba detrás de la madera.

Empecé a sentirme abatido. Si no conseguía que Elisa descorriera el cerrojo, todos mis sueños quedarían derrumbados sobre aquel portal. Mis ilusiones, convertidas en una montaña de escombros.

Fue entonces cuando recordé el puñado de tierra que guardaba en el bolsillo.

—Traigo un mensaje de Alberto —dije con los labios pegados a la madera, sospechando que su cuerpo estaba apoyado al otro lado.

Una densa quietud siguió imperando entre nosotros.

Estaba a punto de marcharme, cuando la mirilla comenzó a velarse lentamente. Ahora, eran sus carnosos labios los que se dejaban ver.

—Márchate —dijo, en tono abatido—, por favor.

Entendí su dolor. Sus palabras eran las de un ser rendido. Antes de que volviese a cerrar la rejilla, me abalancé sobre la abertura y, colocándome de puntillas, con mi boca casi pegada a la suya, le dije una última cosa:

—Tu marido necesita hablar contigo, ofrecerte unos consejos sobre tu futuro.

Sentía su aliento y olía su perfume, cuando la celosía volvió a velarse.

No esperé más.

—Aquí, en el suelo, te dejo lo que me ha dado para ti.

Deposité frente a la puerta el puñado de tierra que cubría el cuerpo de su esposo, extraje el anillo de bodas de mi dedo y lo coloqué coronando el montoncito.

Eché a andar. Cuando había recorrido un buen trecho, me detuve y miré hacia atrás. Solo pude ver cómo sus blancas manos echaban con delicadeza la tierra en su pañuelo.

Los chazarrines alzaron el vuelo.

Me dirigí a la cueva, a acercarle víveres al alcalde de Arriaga y a ultimar detalles de nuestro viaje. Lo encontré más repuesto; después de varios días errando a la deriva por los bosques, había descansado y comido. Las heridas de sus pies mostraban mejor aspecto. Supe que el patrón de *El Tulipán* era un holandés llamado Eric el Pelirrojo, un auténtico pirata del siglo XX. Un pariente del edil, que había logrado pasar a Francia, contactó con el marino en el puerto de Burdeos. Tras una sucia negociación, pactó su recogida en España. No había margen de fallo: el barco solo tenía autorización para permanecer un día atracado en Bermeo. «Y ese día, aunque un terremoto parta a España en dos, debemos estar en el muelle».

Durante la charla, se interesó por el tesoro que guardaba en el zurrón. El alcalde era hombre de números y, por el peso que yo calculaba, estuvo tasando el valor que alcanzaría una vez que arribáramos al otro lado del Atlántico. La mente se me llenó de cifras con muchos ceros. Aunque, la verdad, aquel hombre no daba demasiado crédito a las cosas que yo le contaba. Estaba convencido de que el santuario de los jorobados, la mina, el árbol escarlata y las apariciones nocturnas de los fusilados eran fruto de mi imaginación.

—Tienes la cabeza llena de nubes y de sueños, Marcial —decía—. Esas historietas que cuentas son tan falsas como tu convencimiento de que yo era el hijo del Kurchú.

Ese día, no me importaba que me considerase un iluso. No pensaba discutir. Bastante lo había hecho ya con mi hermano.

Era de noche, hacía más de una hora que se había puesto el sol, cuando regresé a la cabaña. Iba subiendo el sendero que lleva al chamizo, cuando empezó a sonar con insistencia el claxon de un vehículo. Enseguida me di cuenta de que el sonido procedía del fondo del barranco. No era usual el tráfico de automóviles por aquel paraje, si exceptuamos los enigmáticos viajes del jefe de los jorobados.

Cuando llegué arriba, la bocina del coche seguía atronando en la oscuridad. En principio, pensé que se trataba de otra de las ocurrencias de las autoridades para acabar con la aparición de los once fusilados. ¿Es que no se hartaba el alcalde de Barreiro de idear mamarrachadas? Pero cuando, por fin, decidí asomarme a los riscos, quedé atónito por lo que allí descubrí. El automóvil que no cesaba de emitir bocinazos era de color granate. Desde lo alto, distinguí una melena rubia en el interior. Sentí como si el corazón me fuera a estallar dentro del pecho. El puñado de tierra de la fosa había hecho a Elisa acudir a nuestra cita en el barranco.

Con apremio, me arreglé el pelo con el peine y metí los faldones en el pantalón. Cuando llegué abajo, el claxon había dejado de implorar la presencia de alguien. Elisa sollozaba echada sobre el volante. Nadie la acompañaba. Rodeé un par de veces el coche con la nariz pegada a los cristales, hasta que, por fin, me decidí a abrir la puerta. La viuda levantó la cabeza; tenía el rostro humedecido por las lágrimas. Me miró con ojos de loca.

—¡Alberto! ¿Eres tú, amor?

Creo recordar que le dije que sí. Entonces, se dejó coger la mano y no puso impedimento alguno en abandonar el coche. Una Elisa sonriente, con el rostro iluminado por el gozo, comenzó a besarme las manos, el rostro, los labios... a fingir que me ajustaba un imaginario nudo Windsor al cuello de la camisa. Apoyados sobre el vehículo, sin intercambiar una sola palabra, me aferré a su cintura, mientras ella me acariciaba el cabello y paseaba la mirada por la fosa donde estaba sepultado su marido. La temperatura de su cuerpo era infernal y, adherido a él, pensé que, en segundos, arderíamos juntos. La verdad, no me importaba morir si era carbonizado en aquel fuego.

A cada minuto, me nombraba, llamándome Alberto o Amor. Abrazada a mí, sin dejar de acariciar mi pecho y mi espalda, no cesaba de hablar, de confesarme entre sollozos sus sentimientos. Abrió el pañuelo y vertió, dejándola caer muy lentamente, la tierra sobre lo que había sido el mapa de América del Sur. Luego, sacó la alianza de boda y, tomando mi mano, la introdujo en el dedo corazón. Aproveché para rozar con mis labios sus mejillas.

Ahora, al cabo de tanto tiempo, me decía, empezaba a superar mi ausencia. Había pasado los peores meses de su vida, tumbada en la cama y encharcando con lágrimas de dolor las almohadas.

Pero ese día, después de recibir el mensaje, se armó de valor y decidió venir. Antes de que anocheciera, puso en marcha el motor de su automóvil. Tenía que saldar una cuenta pendiente.

—Desde el día en que el muchacho se presentó ante mí con tu anillo —confesó—, supe que eras tú quien en realidad me enviaba el mensaje.

Esa tarde, cuando llegó al barranco de Castro, el sol aún no se había puesto. No había rastro de gente: ni de muertos ni de vivos. Sin pensarlo, se encaramó por los riscos hasta alcanzar el lugar donde estaba levantada la cabaña. Llegó arriba llena de arañazos y cardenales y con más de un jirón en la falda. Desde allí, contempló un desolado terreno sin vegetación, ennegrecido por el fuego:

«Ese es el lugar donde sucedieron los asesinatos —se dijo—, donde está enterrado el cuerpo de mi marido».

Extenuada, el cansancio le impidió continuar. Se sentó en el suelo y apoyó la espalda sobre el tronco del que le pareció un extraño árbol de color escarlata, desde donde se divisaba la hondonada. Sus hojas emitían un chocante brillo rojizo. Escuchando el canto metálico de unos pajarillos, debió de quedar transpuesta durante unos minutos, porque cuando abrió los ojos era de noche y tenía ante sí una enorme luna llena, que extendía su luz por todo el paraje.

De nuevo, descendió por los peñascos y, lastimada por las caídas, se alojó en el interior del coche. Quería ver al espectro de Alberto. Cerró la puerta y comenzó a hacer sonar con fuerza el claxon. Una y otra vez. Sin ritmo alguno. Lo presionó como una demente, hasta casi agotar la batería. Luego, se dejó caer sobre el volante y rompió a llorar.

No sabía decir cuánto tiempo esperó en el interior del vehículo hasta que yo abrí la puerta.

En ese instante, mientras permanecíamos abrazados, la masa de nebulosa comenzó a aparecer por la superficie de la fosa y a extenderse por el terruño; a vagar de un lado a otro. Simulando pequeños torbellinos luminosos, las figuras de los ejecutados no tardaron en delinearse.

Elisa tomó mi mano y acercó el dedo con el anillo a sus labios. Lo lamió y lo besó. Como siguiendo un ritual, unimos nuestras palmas, hasta que las dos alianzas se encontraron. Quizá fue ilusión mía, pero me pareció ver rebotar unas chispas en el momento de la fusión.

Aún no sé por qué lo hice, debió de ser un impulso del subconsciente, pero empecé a susurrarle al oído una canción: *Caminito.* Al escuchar los primeros acordes, Elisa comenzó a llorar de alegría y, como pudo, entre lágrimas, acabamos cantando juntos el tango.

Caminito que el tiempo ha borrado,
que juntos un día nos viste pasar,
he venido por última vez,
he venido a contarte mi mal...

Cuando terminó la canción, mientras ella me besaba con pasión, deslicé la cremallera por su espalda y aflojé la estrechez de su vestido. Entonces, liberé sus pechos de las mazmorras del sostén y los ofrecí, esplendorosos, al cedro que, desde lo alto, matizaba de color escarlata la noche.

Lo que sucedió después fue como ascender al cielo. Poniendo en práctica las artes en las que me inició Carmita, viví el cuarto de hora más intenso que recuerdo. No sabría decir a qué sabía la areola de sus pezones o a qué me recordaba la suavidad del vello de su pubis. Los desgarradores gemidos de Elisa quedaron clavados para siempre en mi memoria. Echados sobre el capó del automóvil, una y otra vez, entré con fuerza dentro de ella. Una y otra vez, decenas de veces, hasta quedar rendido. Debieron pasar días para que las marcas de sus dedos desapareciesen de mi espalda. Mi mentor llevaba razón: aquella mujer no era de este mundo, era un ángel. Y yo puedo asegurar que, en esa inmortal noche, estuve danzando con ella por la corte celestial.

Cuando todo acabó y quedé vacío sobre ella, volví el rostro y vi a Alberto junto a nosotros. Era más luz y humo que nunca. No me miraba a mí, le sonreía a ella. Elisa, con los senos iluminados por la luz de la luna, le envió el último beso.

Era el momento en el que pensaba decirle que era rico, que embarcara conmigo hacia Méjico, que iniciásemos juntos una nueva vida lejos de esa España colmada de muertos y de espectros. Pero con su marido delante, no me pareció que aquella fuese la ocasión más apropiada para hacerlo. Además, pronto asomaron el barbero Nebrija y don Alejo y comenzaron a dar la tabarra con las piedras de oro y con el doctor Negrín. ¡Qué pesadilla!

Elisa y Alberto seguían uno frente al otro, sin más. Contemplándose y sonriendo. Me dio la impresión de que ya no me necesitaban. Así que, para no interrumpir, me subí el pantalón y abandoné el solar.

Desde arriba, sentado en el suelo, con la espalda apoyada en el árbol de los gitanos, los estuve observando. No hablaban, solo se decían miles de cosas con la mirada. Pronto, las figuras humanas comenzaron a desdibujarse, a fusionarse en una sola nube de niebla. Antes de que ocurriera, Alberto tendió la mano hacia ella. Creo que llegaron a rozar sus dedos durante unos instantes. Cuando la tierra absorbió el banco de humo y desapareció todo vestigio de los fusilados, Elisa quedó con el brazo tendido en mitad de la noche. Me di cuenta de que algo especial nos unía a los dos, porque solo Elisa y yo éramos capaces de ver más allá de la realidad.

Aún quedó un rato con la mano extendida hacia la nada. Después, recompuso con mucha clase su vestimenta y, sin prisas, encendió un cigarro apoyada sobre el automóvil. La nube de humo que la rodeaba volvió a procurarle un aspecto celestial. Entonces ocurrió algo que me dejó confuso. El ángel rubio miró hacia arriba y me descubrió junto al cedro.

—¡Adiós, Marcial! —me dijo sonriente, agitando la mano a modo de despedida.

Por primera vez me había llamado por mi nombre. De repente, había dejado de confundirme con su marido. Tuve la intuición de que, después de hacer el amor y a partir de ese momento, el espectro de Alberto dejaría de atormentarla.

Puesto en pie, yo también le dije adiós.

Cuando arrancó el motor y las luces de su vehículo iluminaron el mapa, no pude reprimir un llanto por su ausencia.

38

Primero de abril de 1939. Ese día me desperté alarmado. Un estruendoso e interminable repique de campanas hizo volar en espantada a los pájaros del valle y consiguió inquietar a las liebres que se escondían entre las aliagas y helechos del bosque. Confuso, salí del chamizo y vi cohetes rompiendo de júbilo sobre Barreiro. Entonces lo entendí todo: la Guerra había terminado. Franco, escoltado por su Guardia Mora, había entrado el día anterior en Madrid, atropellando bajo las patas de su caballo a la joven República; la misma que, pocos años antes, fue recibida por estos contornos con música de acordeón y alborozados bailes.

En un principio me alegré de que todo hubiese concluido. Ahora, los espectros del barranco dejarían de importunarme con la pretensión de su difícil encargo. Aunque su proyecto fuese de admirar, había llegado tarde. Ya no quedaban republicanos ni en Madrid ni en Valencia a los que hacer llegar el oro. Y el presidente Negrín, seguro que a esas horas navegaba camino de Méjico.

Negrillo y Carmita debían de encontrarse a gusto en los Baños de Pereira, porque su retraso se iba alargando. Así que un día más me vi obligado a abrir la puerta al ganado y encauzarlo hacia el valle. Rodeado por las ovejas, salí en busca de pasto. Ellas, al igual que muchos de nosotros, no entendían de guerras ni victorias, y su única obsesión era calmar el hambre con el que amanecían cada día. Ese primero de abril, lo mismo les hubiera dado escuchar el volteo de las campanas de la iglesia que el enfervorizado canto de *La Internacional*.

Un paisano al que encontré por el prado me informó de que la noche anterior, tras robar el automóvil del capitán Galápago, los primos Lajara habían logrado huir camino de Francia, burlando así el cerco al que estaban sometidos. También supe que una banda de música había recorrido las calles del pueblo, rodeada de gentes eufóricas, enarbolando banderas rojigualdas, que Tomás Barinas, el tonto, estaba recibiendo generosas propinas en la plaza haciendo reír a la gente con su sinfonía de pedos patrióticos y que, a la tarde, Barreiro entero saldría en procesión portando al Cristo de la Luz o a lo que quedase de él. Unos días antes, un nuevo sacerdote de sotanas inmaculadas se había hecho cargo de la parroquia, en sustitución del malogrado don Andresín. Los fieles iban a echar de menos los incendiarios sermones que les dirigía desde el púlpito.

Pero una de las noticias que circulaban de boca en boca me heló el alma. Pronto se habían constatado las influencias de don Eugenio Olivares en el nuevo régimen: su sobrino Federico el Chato ocuparía un alto cargo en el Ministerio de Trabajo. En unos días, debía marchar a vivir a la capital.

Ese rufián supo vender bien su herida de guerra. Con seguridad, habría sido valorada por las nuevas autoridades la falsa leyenda que él mismo se encargó de propagar sobre el motivo de la mutilación de su nariz. Según aseguraba ante los ilusos que querían creerle, el heroico acto ocurrió en Santander, durante los primeros años del anárquico gobierno de la República. Federico Olivares trataba de proteger de la ira de unos exaltados a dos seminaristas que, aterrorizados al ver las llamas que envolvían su colegio, se habían refugiado en el retrete de señoras de un bar. El ahora mandamás intentaba disuadir de su actitud a la panda de anarquistas que pretendían lincharlos, cuando sonó un disparo y una bala anónima le atravesó la nariz. De lado a lado. Tras recibir el balazo, se temió por su vida. Después de semanas de incertidumbre y una vez fuera de peligro, resultó imposible reconstruirle el apéndice. La única solución ofrecida por los médicos fue colocarle una funda de plata, para disimular la piltrafa de carne cosida que, tras una sarta de operaciones, le dejaron sobre el rostro. Debió de ser el fulgor que despedía aquella ferviente prótesis lo que tuvo que deslumbrar al ministro que lo nombró para el cargo.

De pronto, me invadió la sospecha. El fluir de mi sangre se detuvo al pensar que el Chato no marcharía solo a la toma de posesión de su nuevo despacho. Estaba convencido de que el chulo le pediría a Elisa que lo acompañara a Madrid, donde les sería menos difícil rehacer su vida y recomponer la relación contra natura que venían manteniendo. En ese momento, me prometí impedir con todos los medios a mi alcance que la mujer cuyo nombre llevaba grabado en mi anillo, el ángel rubio al que había poseído solo una noche antes, se alejara de mí. Quedaba poco tiempo de margen para actuar, pero debía idear alguna martingala para detenerlo. Ahora Elisa ya me conocía, no podría alegar nuestra diferencia de edad: sabía que a mis quince años podía ser tan hombre como el que más. A mí no me podía engañar: había escuchado en mi oído sus indomables gemidos de placer.

De nuevo el tiempo corría en mi contra, amenazando con arrollarme. El final de la Guerra y el nuevo cargo del sobrino de Olivares en Madrid se sumaban a la sarta de obstáculos que se cruzaban en mi camino para truncar mis propósitos. Debía evitar por todos los medios que la viuda de Alberto abandonara Barreiro acompañada de aquel indeseable. Esa noche, le pediría al espectro de su esposo que me ayudase a subirla a bordo de *El Tulipán*.

En la cueva, aunque aguardaba la esperada noticia del triunfo nacional desde hacía semanas, al conocer su confirmación, el alcalde de Arriaga se llevó las manos al rostro y lloró de manera sonora. Su llanto evocaba la fragilidad de un niño. Mantenía el aspecto de ogro y era enternecedor contemplar a una bestia sollozando. Sin decir nada, yo sabía que, ahora más que nunca, su vida dependía de mi sagacidad para sacarlo de la caverna. Solo un barco atracado en la dársena de Bermeo podía arrancarlo de las garras de una muerte más que segura.

Me sorprendió que un hombre de izquierdas uniese las palmas de las manos y se pusiese a rezar letanías como una vieja. Debió de descubrir mi perplejidad por su actitud porque quiso ofrecerme una aclaración:

—A pesar de mi anticlericalismo radical, soy creyente. Creo en un Dios justo que nos vigila desde el cielo. Aunque yo, para hablar con Él, me basto solo: no necesito curas ni obispos que hagan de intermediarios.

Luego, cuando calmó su llanto, le informé del desaliento que me embargaba, del asunto que nublaba mi pensamiento, del cargo ofrecido al Chato en Madrid y de la más que segura intención de llevar consigo a Elisa.

—Estoy convencido —le dije— de que lograré que venga con nosotros.

—Marcial, no quiero desilusionarte —me dijo, colocando su manaza paternalmente sobre mi hombro—, pero es muy difícil que esa mujer quiera acompañarnos en nuestro viaje. Su vida está aquí; la tuya comenzará en el momento en que pongas un pie sobre la cubierta de *El Tulipán*.

—Puede usted salir cuando quiera —le dije en tono desafiante, para demostrarle que hablaba en serio cuando aseguraba que prefería quedarme en el valle, antes que emprender el viaje hacia América solo.

Intentó serenar mi ánimo. Solo tres días era el tiempo que teníamos por delante para abandonar Barreiro. El ogro sabía de sobra que yo era su única posibilidad de alcanzar un día América.

Propuse no escatimar en esfuerzos para llevar con nosotros a la mujer de la que yo estaba enamorado. Si era preciso, la secuestraríamos. Con la corpulencia del alcalde, no sería difícil acarrearla adormilada en el interior de un saco y no liberarla hasta que nos encontrásemos en alta mar.

El ogro hacía esfuerzos para no contradecirme, pero en un momento dado me miró con ojos preocupados y, haciendo gestos negativos con la cabeza, dijo:

—Marcial, perdona que te lo diga pero no eres más que un pobre soñador.

Estoy convencido de que no me creyó cuando le aseguré que había hecho el amor con ella.

39

La primera noche de los interminables cuarenta años en los que entraba la historia de España resultó demasiado larga también para mí. Además de aciaga.

Apenas había dormido unos minutos, cuando un rumor de sollozos me desveló. Cabizbajos, los espectros vagaban derrotados por el interior del terruño. La visión era desoladora. La sucesión de lloriqueos y lamentos me embargó el alma. Los tenebrosos quejidos, que se mezclaban con los sonidos que emitían las aves nocturnas del bosque, me hacían creer que estaba en el infierno. Durante los muchos meses que llevaba frecuentándolos, jamás los había visto tan abatidos como lo estaban aquella victoriosa madrugada. Ni siquiera se percataron de mi presencia, ni preguntaron por el destino del valioso mineral extraído del fondo de la tierra; parecían estar convencidos de que todo estaba perdido. Solo *Fetén* corría de un lado para otro, dando saltos y ladridos, ajeno al desconsuelo.

Seguro que ya sabían que las tropas de Franco desfilaban por la Castellana. Debía de ser duro el constatar que de nada había servido su muerte, ni tampoco su lucha en vida, que de la República con la que habían soñado solo quedaba una columna de gentes desharrapadas y hambrientas que caminaban, lánguidas como ellos, por las carreteras sin retorno que llevaban al exilio. El desolado panorama que contemplé esa noche hizo que se apoderara de mí el desaliento. Fue triste ver a los difuntos, no ya sin vida, sino sin esperanza, que resultaba aún más doloroso.

Don Alejo permanecía arrodillado sobre la tierra quemada, con la cabeza y los brazos apoyados en el suelo. El barbero Nebrija lloraba sin consuelo sobre el hombro de Otilio, el conductor de *La República*. Alberto vagaba sin rumbo por el interior del mapa, arrastrando los pies como si remolcara tras de sí una cadena y una pesada bola de hierro. Hasta la neblina era esa noche del color de la derrota.

No pude resistir el verlos en aquel lamentable estado. En ese momento, decidí mentirles e inventar un bulo que lograra devolverles la ilusión; una mentira piadosa. Hasta los muertos necesitan algo en lo que soñar, un espejo que les cuente farsas para soportar con dignidad el eterno tiempo que se abre ante ellos.

Forcé un gesto alegre y me situé sobre el istmo de América Central. Comencé a hacer aspavientos y a sacudir los brazos para atraer su atención.

—¡Escuchen todos! ¡Acaban de dar la noticia por la radio! —Así, en tono eufórico, emprendí el engaño—. ¡¡La Guerra no ha terminado!!

Atentos a mis palabras, los difuntos se fueron ubicando frente a mí. Les dije que los americanos habían acudido en defensa de la democracia española, que barcos de la armada más poderosa del mundo estaban desembarcando sus tropas en las playas de Galicia y, también, en la bahía de Cádiz; que muy pronto, en cuestión de días, veríamos grupos de marines armados, arrastrándose por estas tierras, avanzando entre los helechos con sus uniformes de camuflaje. Y a los inconfundibles *jeeps* controlando el paso de puentes y caminos.

—¡Que no os confundan! —les grité.

Los cohetes y la música triunfal que habían estado escuchando durante todo el día no era más que otra de las muchas triquiñuelas propagandísticas utilizadas por los nacionales. A los pocos minutos, a los muertos les había cambiado el gesto. Ahora aplaudían la mentira y se abrazaban unos a otros. El maestro, con sumo esfuerzo, se puso en pie y se acercó al grupo formado ante mí. Nebrija, el barbero anarquista, más ágil que sus compañeros, daba continuos saltos sobre la fosa.

También yo me vi contagiado por el desatado entusiasmo mostrado por los once fusilados. No sé cómo ocurrió, pero en un momento dado, envuelto en aquel ambiente de euforia, levanté el puño cerrado y grité con ardor:

—¡Viva América! ¡Y eso no es todo! —continué alimentando el falso bulo—. Los gobiernos de Francia e Inglaterra, tan remisos a ayudar hasta ahora, avanzan con sus tanques hacia los Pirineos. Aunque tarde, han decidido intervenir para que España vuelva a pertenecer al mundo libre. Miles y miles de obreros se agolpan en las oficinas de reclutamiento de Londres y París, pidiendo un casco y un fusil para venir a España a combatir el fascismo.

Al escuchar las noticias que yo iba inventando, cundió la euforia por el terruño. Pepe Alba y el del tiro en la nuca, abrazados por los hombros, daban brincos de alegría.

Les dije que, para lograr el cambio de actitud de las tres naciones, había sido determinante la donación hecha por los fusilados del barranco de Castro. El doctor Negrín, que pilotaba personalmente uno de los primeros blindados del convoy, había prometido desde los micrófonos de la BBC que cuando las tropas de liberación entrasen en Barreiro levantaría un descomunal obelisco en memoria de los mártires de la libertad. Después de pagar a Eisenhower, a Churchill y a Léon Blum, con las pepitas que sobrasen del reluciente legado, el gobierno republicano grabaría con letras de oro en el monumento el nombre y apellidos de los once héroes muertos.

El herrero pidió hablar e intervino para solicitar que, junto a cada epígrafe, colocaran la profesión que el difunto ejerció en vida. Le di mi palabra de que elevaría a las autoridades su propuesta.

Embriagados por las crónicas que oían, apretaban el puño y daban exaltados vivas a Azaña y a Negrín. Aún inmersos en la celebración de los acontecimientos, sus cuerpos comenzaron a difuminarse en una nube que ahora había adquirido una luminosidad que no mostraba al comienzo de la aparición. La tierra, una noche más, aunque de forma más lenta que en otras ocasiones, comenzó a engullirlos. Quizá fue la felicidad la que, mezclada con el humo, hacía la niebla más espesa.

Allí, solo en mitad del barranco, con *Fetén* echado a mi lado, me sentí satisfecho de haberles mentido, de haber mantenido viva la ilusión de que el gobierno republicano iba a ser repuesto. No me costó esfuerzo hacerlo, aun sabiendo que el régimen por el que habían dado su vida estaba muerto, y su cadáver, pisoteado por las botas de caña alta que calzaban los victoriosos.

Entonces, me acerqué al marido de Elisa que, sonriente, recibía abrazos de felicitación y apretones de mano.

—¡Alberto! ¡Alberto! —intenté llamar a gritos su atención—. Necesito hablar contigo.

Ajeno a mis ruegos, continuaba arrancando de sus camaradas saludos de alegría. Aunque de manera lenta, los cuerpos de los fusilados seguían desdibujándose. Debía actuar con rapidez. Sin pisar la fosa, me situé lo más cerca que pude del lugar donde se encontraba.

—Alberto, escúchame: quiero pedirte un favor. Necesito que convenzas a Elisa para que abandone al Chato y venga conmigo a América.

En principio, no era mi intención contarle detalles que pudieran herirlo. Pero, conforme pasaban los segundos sin obtener resultado, opté por informarle de las dolorosas noticias que corrían de boca en boca por el pueblo. Era la última carta que quedaba por destapar sobre la mesa y decidí apostarlo todo a ella.

Supo por mi boca que, en los próximos días, su mujer podría dejar definitivamente Barreiro, el lugar donde habían sido tan felices, para trasladarse a residir a Madrid, con el indeseable hombre con el que había comenzado una relación. Le conté el papel jugado por la alcahueta de Gertrudis.

—No regresará por aquí, ni a depositar un ramo de flores sobre esta fosa —le dije.

Aproveché que no se movía del lugar donde estaba situado para hablarle.

—Yo cumplí tu deseo, entregarle las nueces de oro a Negrín —le mentí—. Ahora cumple tú el mío. No te será difícil hacerlo, porque a ti tampoco te gusta el Chato. Ya sé que las mujeres son muy raras, que actúan de una forma diferente a como lo haríamos los hombres, pero deberías habérselo dicho la otra noche, cuando estuvisteis charlando en este mismo rincón. ¿O, en el momento en que os dejé a solas, aprovechaste para rogarle que dejara al rufián? —Aunque me estaba escuchando, Alberto disimulaba, fingiendo permanecer abstraído en su mundo—. ¿Quién te asegura que no fue el sobrino de Olivares quien escribió tu nombre en la lista de los republicanos que debían subir al camión? Quizá solo eran diez y alguien añadió un undécimo nombre a la siniestra relación. ¿No eras consciente de que, durante años, ese bribón ansiaba adueñarse del corazón de Elisa? Pobre infeliz... solo pendiente de los asuntos políticos, mientras tu mujer era cortejada por un fascista. Ni siquiera te diste cuenta de cómo acechaba a su víctima en tu presencia, de cómo aprovechaba un encuentro fortuito por la calle para solicitarle lumbre para el cigarro y, así, acariciar la piel de sus manos. ¿Es que no te percataste de las miradas lascivas que el Chato le dirigía a Elisa durante aquella lejana velada en el café Principal, cuando se acercó a vuestra mesa para insultar a Darwin y a don Alejo? Perdona que te lo diga de una forma tan clara... pero eres un manso.

El contorno perfilado de la figura del presidente del Ateneo comenzó a deshacerse, para confundirse en la masa de nebulosa en la que se estaban fusionando todos los cuerpos.

—¿Vas a impedir la relación de Elisa con el Chato? ¡Prométemelo! —le grité en el último momento.

Entonces, giró su rostro hacia mí y sonrió. En segundos, solo esgrimiendo la mueca y sin decir un sí o un no, fue tragado por la tierra una noche más.

—¡Maldita sea! —protesté. Debía esperar a la siguiente madrugada para conocer su decisión y apenas quedaban tres jornadas para marchar. ¿Por qué alguien no detenía esa trepidante cuenta atrás?

Como si allí no hubiese ocurrido nada, la noche quedó limpia de bancos de niebla, de masas de humo y luz. Me encontraba absorto, con la mirada clavada en la tierra tantas veces removida y ultrajada, cuando un fuerte resplandor a mi espalda me hizo girar. De tan rojo, el cedro escarlata parecía querer inflamarse. Me impresionó su aspecto y temí lo peor. Recordé que el zurrón se encontraba oculto entre sus ramas y, sin tiempo que perder, me encaramé por las rocas. *Fetén* me seguía. Mientras ascendía por los riscos, no perdía de vista el árbol. Su enardecido fulgor debía de divisarse desde todo el valle. Cuando llegué arriba, el calor era insufrible. Humedecí un trapo en el caldero del agua y lo coloqué sobre mi rostro para soportar la infernal temperatura. Subí por el tronco y, apretando los párpados para que no reventasen mis globos oculares, introduje el brazo y alcancé el bolso. Tanteé su peso y lo abrí. Los pedruscos resplandecían como nunca; daba la impresión de que eran bolas de oro líquido en ebullición.

De pronto, el árbol se incendió. Salté al suelo desde arriba y, tras rodar por la tierra quedé tendido contemplándolo. Una espectacular llamarada que brotaba desde su pie lo envolvió por completo. El calor me obligó a distanciarme. No sé si fue fruto de una alucinación, pero lo vi mecerse y danzar al ritmo que le marcaban las llamas. Una bandada de chazarrines abandonó volando sus nidos y, emitiendo su piar metálico, se perdió por detrás de las montañas. No sabía cómo actuar, qué hacer. No podía recurrir a la ayuda de Negrillo. En ese momento de perplejidad, contemplé impotente cómo el espectro de *Fetén*, que hasta ese instante permanecía echado a mi lado, comenzó a mover el rabo y a avanzar con paso tranquilo hacia el fuego. Impotente, no pude impedir que el perro se perdiera en el interior de la colosal hoguera. «¡¡No!!», grité abatido, poniéndome en pie y volviendo a caer de rodillas al suelo.

Portando dos cubos vacíos en las manos, galopé hacia el riachuelo. No podía quedarme embelesado, mirando cómo ardía. Debía hacer algo para salvar al cedro que llevaba decenas de años dotando de magia aquel aburrido paraje de ovejas, valles y verdes bosques, al árbol que había colmado de embrujo mis últimos años en España. Pero, cuando volví con el agua, agotado por el esfuerzo, el fuego se había extinguido. El aspecto del árbol era desolador: estaba calcinado. No había rastro de *Fetén*. El cedro ya no mostraba su eterno color encarnado: ahora estaba bañado en cenizas, teñido de un negro funesto. De la copa subía hacia el cielo un hilo de humo oscuro. Observé cómo a cientos de metros de altura se iban modelando sombrías nubecillas que el viento se encargaría de pasear por otras tierras. Era su manera de anunciar al mundo la desaparición del último cedro plantado por los gitanos. La noche, al perder su luminosidad escarlata, quedó umbría.

Derrotado, sin esperanza, arrojé los dos cubos de agua a su pie.

Permanecí durante más de una hora llorando casi sin lágrimas y en silencio ante el tronco carbonizado. El árbol quedó con la parte superior levemente vencida hacia la izquierda: me recordaba la mortal inclinación de cabeza que lucía el Cristo de la Luz crucificado. Al final, cuando estaba casi vencido por el sueño, escuché una sucesión de débiles crujidos y la madera comenzó a agrietarse. En menos de un minuto, todo se vino abajo y lo que había sido el alma de aquel territorio quedó convertido en un pequeño cúmulo de cenizas. Introduje las manos en las ruinas del cedro: allí no quedaba nada. Como si hubiesen pasado siglos desde que prendiera en llamas, ni siquiera las pavesas estaban calientes. La desaparición del árbol rojizo, el mismo día que acababa la guerra, ilustraba ante mis ojos el final de aquellos años tan trágicos para la historia de España y, sin embargo, tan felices y trepidantes para mí. Sin su resplandor carmesí, sin su influjo, el paraje en el que había vivido durante los últimos tiempos perdía toda su magia. Miré a mi alrededor y no vi más que un vulgar paisaje de bosque; un barranco, unos riscos y un valle de los tantos que se extendían por aquella comarca. Sin la presencia del cedro mágico, hasta la fosa donde descansaban los cadáveres de los fusilados parecía apagada, sin indicios del torrente de humo, luz viva y esperanza que durante tantas noches vagara sobre ella.

Sin ser consciente del error que cometía, tomé la bolsa con el oro y me dirigí hacia la cueva. La noche era cerrada y las sombras de los arbustos y los gritos de las lechuzas conseguían amilanar aún más mi ánimo. A escasos metros de la boca de la caverna, armado de valor, cavé un hoyo con un leño y me apresuré a enterrar dentro mi tesoro. Intenté actuar en silencio para no despertar al alcalde de Arriaga. En un momento dado, mientras cubría el zurrón con tierra, sentí como algo se movía detrás de los helechos, pero no le conferí importancia y lo achaqué a una de esas alimañas que aprovechan la oscuridad de la madrugada para despedazar a sus confiadas víctimas.

40

El ajetreo vivido durante la madrugada anterior había sido de tal envergadura que, al día siguiente, desperté bien entrada la mañana. Enseguida me dirigí a la cueva a acercarle un poco de leche y comida al gigante. Cuando llegué, tenía todo el plan previsto.

Una vez más, el ogro confirmó la fecha: *El Tulipán* entraría por la bocana del puerto de Bermeo el 6 de abril. Teníamos dos jornadas de margen para alcanzar el mar.

—Así que, mañana, al amanecer, debemos tener dispuesto el rebaño para echarnos al camino —dispuso, con decisión.

La memoria de aquel grandullón era escasa. Le volví a recordar que, si Elisa no venía con nosotros, yo tampoco abandonaría Barreiro. Creía que durante la charla que mantuvimos unos días antes se lo había expresado con claridad. Comenzamos a discutir y a elevar la voz hasta tal nivel que si alguien hubiese pasado por los alrededores hubiera descubierto nuestro escondite. Fue él el que solicitó calma.

—No nos pongamos nerviosos, Marcial. Actuemos con sosiego.

Entonces, pregunté cómo pensaba convencer a Elisa y le desvelé mis intenciones. Esa madrugada el espectro de Alberto me iba a ayudar a obligar a su mujer a que rechazara al Chato y uniera su corazón al mío.

—Recuerda —le dije mostrando la alianza de matrimonio— que fue el propio marido el que me legó la esposa.

Esa tarde volvería a plantarme ante la puerta de la viuda para pedirle que fuera al barranco de Castro. Elisa debería estar allí cuando anocheciera: su difunto marido deseaba decirle unas palabras. Los gigantescos ojos del ogro me miraban con incredulidad, aunque sabiendo de mi genio hacía esfuerzos para no interrumpir.

—Sólo pido una noche más —le dije. Debe dejarme el revólver —solicité al alcalde—. Si Elisa se niega a venir, la obligaré a hacerlo a punta de pistola. Y, si el Chato asoma la prótesis de plata, no dudaré en apretar el gatillo, en desencadenar la tragedia.

Tras unos segundos meditando mi propuesta en silencio, habló.

—Está bien. Aunque no lo comparto, me veo obligado a aceptar tu plan. Esta tarde cuando te dirijas al pueblo, te cederé el arma. Pero debes saber que todo esto me parece absurdo, una monumental gilipollez. Por mucho que me esfuerce no puedo creer en fantasmas, en espectros de fusilados que vagan por las noches...

—¿Y sí puede usted creer en un Dios de barbas blancas que vigila el mundo asomado entre las nubes del cielo?

Evitamos la discusión y dejamos la disputa en ese punto. No era momento para enzarzarnos en un nuevo altercado. Prometió devolverme la pistola, a condición de que yo le ayudara a alcanzar el puerto de Bermeo, «decida lo que decida esa mujer».

Le di mi palabra.

Ya le había conseguido unas alpargatas, un chaleco de lana y un zurrón para que simulara ser un pastor. Así que avanzaríamos durante las horas de sol y descansaríamos por las noches. Las borregas no podían andar en la oscuridad, como él pretendía. Calculó que, en un primer trayecto, tendríamos que caminar durante unas tres horas para llegar al lugar donde permanecía enterrada la cartera con el dinero.

Deslió las vendas que envolvían sus pies. Presentaban un aspecto muy distinto al del primer día. Las ampollas habían desaparecido y las llagas, cicatrizado. Eran muchos los kilómetros que teníamos por delante y buena la condición física que se requería para realizar aquel viaje hacia la libertad.

Me despedí del ogro hasta la tarde, cuando regresara a por el revólver. Aprovecharía lo que quedaba de jornada para solucionar los muchos asuntos que aún tenía pendientes. Debía subir al cementerio a despedirme para siempre de mis padres; preparar al ganado para el largo viaje; recoger las pocas cosas que quedaban en la cabaña. El regreso de Negrillo y Carmita se demoraba; no tenía otra salida que la de escribirles unas letras de adiós. Y también, cómo no, prepararía a conciencia el último intento de convencer a Elisa para que embarcara conmigo en el mercante de Erik el Pelirrojo. Al contrario de lo que aseguraba el gigante, estaba convencido de que lo lograría. Por mucho que murmurara la gente, nuestra diferencia de edad no supondría impedimento alguno para continuar con la relación.

Me dirigía al chamizo, cuando vi aparecer por el camino viejo un coche fúnebre y varios carros tirados por mulas que enfilaban hacia el barranco. Apreté el paso.

Cuando llegué, ya había varios hombres desplegados por el solar que un día simuló ser el mapa de América del Sur. Provistos de azadas y palas, excavaban y ladeaban la tierra. El alcalde de Barreiro y dos de sus concejales dirigían los trabajos. Intentaban exhumar los cadáveres de los once vecinos asesinados. La guerra había terminado y de nada servía mantener en secreto la existencia de la fosa. De una vez por todas, se habían convencido de que los muertos que no reposan bajo una lápida, a menudo, importunan el descanso de los vivos.

De pronto, mi mente se llenó de espanto. Una vez más, mi plan se venía abajo. En el mismo momento en que descubrí a aquellos hombres removiendo el enterramiento, supe que todo se volvía en contra de mí. Si los cadáveres eran desalojados de la fosa, los difuntos dejarían de vagar por el mapa. Sin la presencia de los cuerpos bajo la tierra, sería imposible que sus almas afloraran al exterior. Esa noche, al contrario de lo previsto, Alberto ya no podría persuadir a su viuda de la conveniencia de mis pretensiones, ni inclinar la balanza del destino hacia mí. Un dulce amargor inundó mi boca. Por un lado, me alegraba de que aquellas almas encontraran por fin una sepultura digna, que descansaran eternamente bajo una lápida de mármol, con una cruz y un nombre, pero maldecía el que hubiesen elegido precisamente esa jornada para hacerlo.

A veces, ocurre. Al igual que, en un remoto día, miles de casualidades se dieron en el universo para que se formara el mundo, ese 2 de abril de 1939 el azar se conjuró para echar por tierra mi plan, para desbaratar de un manotazo la red donde estaban urdidos mis sueños. Elisa, el ángel rubio que poseía mi corazón desde hacía tanto tiempo, se difuminaba ante mis ojos, como la noche anterior lo había hecho para siempre el espíritu de su marido.

De nuevo, un socavón se abría en mitad de mi camino impidiendo que corriese en busca de un sueño; pero la vida me había enseñado ya a vadear los obstáculos. No pensaba dejar hundirme en aquel mar de trabas y escollos: la pistola que custodiaba el ogro sería la última boya a la que asirme para salvar el amor que sentía por Elisa.

Aunque mi mente se encontraba camino de la cueva y empuñando un arma, mi mirada continuaba fija en el fondo del barranco. Enseguida debieron de dar con las víctimas, ya que los operarios se colocaron un pañuelo que les cubría la nariz y la boca. A pesar de tantos meses transcurridos, el hedor que despedían los cuerpos debía de ser insoportable.

Entonces, vi aparecer un solitario automóvil que se dirigía hacia la fosa. Aparcó a una distancia prudencial de donde se estaban realizando los trabajos de desentierro. Primero, se bajó del vehículo el Chato, dando un portazo con arrogancia. Seguidamente, salió Elisa. Vestía de luto, como para asistir a un funeral. No se acercaron, permanecieron allí, junto al coche. El sobrino de Olivares ni siquiera la reconfortaba; ajeno al dramático panorama que desde allí se contemplaba, apoyado sobre el vehículo, se dedicó a repasar con una pequeña lima las uñas. Desde los riscos, no pude apreciar si Elisa lloraba.

De uno en uno, fueron sacando los restos, hasta alinear a los once muertos en un lateral. Era tal el nivel de descomposición que presentaban, que resultaría difícil identificar los cuerpos. Quizá, examinando retales de ropa o reconociendo objetos que portaban en sus bolsillos, fuese posible determinar quién era cada difunto. En el peor de los casos, les darían sepultura en una fosa común, bajo un monolito con los once nombres. No sería el obelisco del doctor Negrín, pero lo parecería.

Los cadáveres eran envueltos en sábanas y depositados con cuidado en unas toscas cajas de madera. Luego, entre cuatro hombres, alzaban los féretros y los cargaban hasta dejarlos acomodados en los carros.

No sé el tiempo que duró el trabajo de exhumación. Pero cuando volví en mí del aturdimiento, descubrí que la fúnebre caravana avanzaba ya por los campos, subiendo y bajando lomas, hasta perderse camino del cementerio. Me sorprendí a mí mismo diciendo adiós con la mano a la columna de ataúdes que, como un lento gusano, se deslizaba por el valle. También Elisa, aferrada al brazo de su amante, permanecía de pie viendo marchar en un cajón los despojos que quedaban de su matrimonio.

Fue en ese momento cuando descubrí que el automóvil que conducía el Chato iba colmado de maletas, dispuesto para emprender un largo viaje.

41

Sin descanso para reponer el aliento, corrí durante más de media hora. No quedaba tiempo para
ir a la cueva a pedir la pistola al gigante. Debía alcanzar la carretera que lleva a Madrid antes de que
lo hiciera el vehículo que conducía aquel chulo.
Mientras trotaba por los campos y esquivaba los árboles que salían al paso, a la vez que subía y resba-
laba por las montañas, lloraba de impotencia. Una
dramática carrera bajo la incertidumbre de no saber
hacia dónde. Era consciente de la imposibilidad de
que Elisa embarcara conmigo. Para mi infortunio,
ya no iba a necesitar presentarme ante su puerta;
de nada serviría ya coaccionarla con el revólver. Qué
extraña me resultaba su decisión de unir su vida a
la de uno de los verdugos de Alberto. Aunque seguro
de que el destino nos separaba para siempre, corría
y corría: si bien solo fuese para mirar por última vez
a la mujer por la que suspiraba a cada minuto de mi
existencia; en ese momento, contemplarla era una
necesidad básica. Más que el pan, el aire o el agua.

Me situé en lo alto de un cerro que se elevaba junto a una de las muchas curvas de la carretera. Llegué exhausto, sin fuerzas para respirar siquiera.
Fueron momentos de confusión: no sabía si el auto-

móvil en el que escapaba mi amor tierra adentro había atravesado ya aquel tramo del recorrido. Aguardé unos minutos, con el cuello estirado y la cabeza alzada para vigilar la cola del camino. Entonces lo vi venir, serpenteando sobre el asfalto.

Visible a distancia y con aire desafiante, me planté de pie en la cumbre del collado. Los vi aparecer. Elisa se percató de mi presencia y, guarecida tras el cristal de la ventanilla, fijó sus ojos en los míos. Durante décimas de segundo, los cerró y los mantuvo así, impidiendo que entrara la luz. Sé que pensó en el encuentro con Alberto junto a la fosa y, también, en mí. A partir de ese intervalo, el tiempo pareció transcurrir a través del objetivo de una cámara ralentizada. Elisa debió de decirle al Chato que frenara, porque, sin esperarlo, el coche se detuvo y la puerta del copiloto se abrió. Jamás he podido desprenderme de su imagen junto a la carretera, embutida en un elegante vestido negro, con la melena rubia, la tez clara y los labios tan rojos como la pasión.

Entonces, con la misma mano en la que portaba el anillo, con la misma que tantas veces me había masturbado recordándola, le dije adiós y le envié un último beso.

Elisa, dando un pequeño chasquido con los labios, lanzó otro al viento.

Estaba sacando el anillo de mi dedo para intentar encararlo al sol y acariciar con su reflejo el rostro de la viuda, cuando el Chato descendió del coche, desenfundó la pistola que exhibía en el correaje de su hato falangista y apuntó. Vi la muerte brillar en su siniestra nariz de plata. Elisa se lanzó contra él y consiguió hacerle tambalear. Me salvó la vida. Por suerte, logró que el fanfarrón errara los dos certeros disparos que efectuó.

Arrastrándome por el suelo, huí de la inmensa fosa que el nuevo Régimen había abierto en España, para arrojar a sus entrañas con total impunidad a quien osara importunarlo. A los pocos minutos, me encontraba a un par de kilómetros de la carretera. Debió de ser durante la atropellada huida cuando perdí la alianza que testificaba que Elisa Febrero me pertenecía a mí y no a otro hombre. Y creo que el extravío debió de ocurrir en el trayecto, porque regresé al cerro horas después y allí no había rastro del anillo.

Con el paso del tiempo, he pensado que, quizá, al no verme de pie tras los disparos, convencida de que su amante me había matado, subió entre lágrimas hasta lo alto del cerro. Al buscar desesperada entre los matorrales y no encontrar mi cadáver, sin duda, respiró aliviada. Sería entonces, en ese momento, cuando descubriría la alianza en el suelo. Se agachó, la tomó entre las manos y la acercó a sus labios.

Tal vez, por qué no, Elisa pudo pensar que yo, Marcial el pastor, me había esfumado en el aire; que, al igual que Alberto, también yo era un ser etéreo, un amor de humo y luz. De esta forma, no sería tan difícil llevarme para siempre con ella, prendido al anillo que un día me perteneció.

42

Madrugué. El desasosiego por la pérdida de la mujer a la que amaba me dolía tanto que decidí levantarme temprano para no continuar pensando en ello. Al salir del chamizo, me afligió reparar en la ausencia del cedro escarlata. Antes de iniciar la marcha, debía cumplir un último deseo. Descendí por los riscos hasta la fosa y me situé en el borde de la superficie removida. Los cadáveres de los fusilados ya no se hallaban allí, pero a pesar de ello sentí aprensión por penetrar en su terreno. Recordé la advertencia de mi hermano de que, en cualquier momento, los brazos de los muertos podían surgir entre los tormos de tierra y aferrarse a mis piernas. Sin pensarlo más, metí un pie en el interior y, con cuidado, lo fijé en el suelo. Fue una sensación extraña. Entonces, al ver que nada ocurría, introduje el otro. Por vez primera, me hallaba dentro del territorio reservado para los muertos, en la zona vedada a los vivos. Con cautela y el pecho inundado de miedo, crucé despacio el mapa de norte a sur. A cada paso que daba, creía pisar sobre el abismo. Me costó alcanzar el otro lado y pisar en suelo firme, pero al final conseguí atravesar el terruño. No podía abandonar el barranco sin haberlo hecho.

La luz del día apenas desplegaba su claridad, cuando el tolón, tolón de mi rebaño sonó junto a la boca de la caverna. Entré para anunciar al alcalde de Arriaga nuestra partida y le confirmé que haríamos el viaje solos, sin la compañía de Elisa. Después de narrarle lo ocurrido en el barranco y más tarde en el cerro, me pareció adivinar una leve sonrisa en su rostro. No quise darle importancia a su gesto. Luego, eché un vistazo casi póstumo a lo que había sido mi refugio durante el último año. Deslicé la mirada por el jergón y la detuve en *El manual* y los otros libros. Recordé las muchas horas pasadas junto a *Fetén* y las transcurridas rotando entre mis dedos el anillo grabado con el nombre de Elisa. Ahora que los relojes marcaban el ansiado momento de la partida, ahora que América estaba más cerca que nunca, sentía cierta morriña por lo que dejaba atrás. Durante el trayecto recorrido hacia la cueva, hasta el monótono color verde del prado me había parecido hermoso. Me sentía descansado; por desgracia, mi temor se había cumplido. Como presentí durante la exhumación, los espectros dejaron de interrumpir mi sueño nocturno. Mi pensamiento voló a Madrid. A esas horas, Elisa estaría abriendo las ventanas de su nuevo domicilio en la calle Velázquez.

Un cierto sinsabor afligía mi ánimo esa mañana: el día anterior no había podido subir al cementerio. Me tranquilizó el pensar que don Alejo, Alberto y los otros me despedirían de mis padres.

Segundos antes de que el ogro abandonara el escondite, desenterré el zurrón y lo crucé seguro sobre mi pecho. Al salir, el alcalde de Arriaga comprobó que quedaban tres balas en el tambor del revólver y lo acomodó en su cintura. «Nunca se sabe», dijo. No se había separado del arma desde que me la arrebatara la mañana de nuestro encuentro. Enseguida noté que había descargado de volumen su barba y suavizado bastante su aspecto. Aun así, y debido a su titánica corpulencia, yo seguía viendo en él al hijo del Kurchú. Desde el primer día que lo divisé, no lo había contemplado de pie, con toda su gigantez desplegada. Un hombre enorme; junto a él me sentía como un enano de circo. En esos momentos a punto de iniciar el viaje, no era consciente del peligro que significaba ser cómplice de la evasión del último fugitivo que aún se escondía por la comarca; un hombre al que los falangistas no perdonarían las actuaciones cometidas durante su mandato y sobre el que ansiaban descargar sus incontinentes deseos de venganza. Qué equivocados estábamos cuando creímos que, tras el repique de campanas que anunciaba el fin de la Guerra, los españoles íbamos a dejar de matarnos. Durante los años que siguieron al esperanzador arrebato, los corazones de mucha gente siguieron estremeciéndose al escuchar el eco de los fusilamientos en los patios de las cárceles, al descubrir el fatal desenlace de los tiros de gracia en las cunetas de los caminos o al contemplar horrorizados cada noche nuevas huellas de disparos en las tapias de los cementerios.

Nunca había visto a una persona con una visión tan deteriorada como la sufrida por el gigante. La pérdida de sus lentes había hecho de él un ser completamente dependiente de los demás, incapaz de valerse por sí mismo. Como si yo fuese un lazarillo, afianzó su mano en mi hombro y echamos a andar, camino de América.

Rodeados de ovejas, parecíamos dos pastores más. Nos encontrábamos en el tramo más peligroso del recorrido. Cuando consiguiéramos traspasar los confines de la comarca, ya ningún paisano nos reconocería y lograríamos superar el peligro de que alguien descubriera a los impostores. Tomamos el camino que lleva al río, para ascender después hacia el paraje conocido como el Blanco de los Ingleses. Según aseguraba el alcalde, por esa inhóspita zona había ocultado la maleta con los fondos municipales de su pueblo, la que nos proporcionaría un pasaje para subir a bordo del barco que capitaneaba Erik el Pelirrojo. Una vez que tuviésemos el botín en nuestras manos, caminaríamos durante dos jornadas completas hasta alcanzar el mar.

A pesar de que le servía de sostén y de que todavía no nos habíamos adentrado en terreno abrupto, el alcalde de Arriaga no cesaba de tropezar con las minúsculas piedras que encontrábamos en el camino o de resbalar en la tierra suelta de los desniveles. Incluso no logró evitar las ramas de un arbusto que nos salió al paso y sufrió arañazos en el rostro. Su torpeza era colosal, proporcional a su tamaño. Aunque marchábamos en silencio, el temblor de su mano me indicaba el grado de nerviosismo que padecía.

No habíamos andado ni cinco kilómetros, cuando, sin saber aún cómo, nos vimos envueltos por una espesa niebla. La verdad, durante los años que llevaba pastoreando por los montes nunca había sido tragado por una nebulosa de aquella envergadura. Parecíamos hallarnos entre tinieblas. El ogro debía de sentirse inseguro, porque, sin despegarse de mí, sus manazas apretaban con fuerza el tejido que cubría mi espalda. El silencio era total, solo interrumpido por el ruido de nuestras pisadas y los continuos resbalones del gigante. Con las ovejas cruzándose entre nuestras piernas e interrumpiendo el paso, intentamos sin éxito salir de la nube de incertidumbre que nos cercaba. Nos sentíamos abatidos: dirigiésemos nuestros pies hacia un lado o hacia el otro, o desanduviésemos nuestros propios pasos, no lográbamos volver a la luminosidad que ofrecía el día.

Marchábamos a paso rápido, en busca de un hueco que nos permitiera abandonar la agobiante espesura en la que permanecíamos inmersos, cuando el alcalde de Arriaga me soltó. Continué avanzando, sin percatarme de que había caído al suelo, rodando por un pequeño terraplén. Solo al escuchar sus quejidos, me detuve. Pero la dimensión adquirida por la mole de vapor y las borregas que se agolpaban a mis pies me impedían ver nada. Ellas intentaban seguir su camino, confiadas por su instinto animal. El rebaño era nuestra coartada, no podíamos dejarlo marchar.

—¡Marcial! ¡Marcial! Estoy aquí —le oía decir, aunque sin distinguir su figura.

El nerviosismo ocasionado por la angustiosa situación le asestó una mala pasada. Lejos de permanecer en el suelo y esperar a que yo localizase su ubicación guiándome por el sonido de la voz, se puso en pie y comenzó a andar a la deriva.

—¡Marcial! ¿Dónde estás? ¡Marcial, no me dejes!

—¡Aquí! ¡Estoy aquí! —le respondía, también preso del pánico—. ¡No se mueva!

Pero, aturdido, él continuaba deambulando sin rumbo por aquel infierno de algodón. Se caía, se ponía en pie, retrocedía o se topaba contra los troncos de los árboles. Cada vez, escuchaba más lejanos sus reclamos.

Le pedí a gritos, que actuase como yo: que se aferrase al collar de una oveja. Tarde o temprano, el animal lo sacaría del banco de niebla.

—¡Aquí no hay ningún cordero! ¡Estoy solo! ¡Ayúdame, Marcial! —le oí decir, a lo lejos, con voz llorosa.

Entonces ocurrió lo que más temíamos.

—¿Quién anda ahí? ¡Alto a la Guardia Civil! —Enseguida reconocí con claridad el vozarrón del guardia del bigote. No debía de rondar solo.

—¡Marcial, levántame! ¡No me dejes!

—¡Alto o disparamos!

—¡¡Marcial!! —escuchaba, con tono desesperado, a muchos metros de mí.

El incauto no cesaba de gritar y ofrecer pistas sobre su posición, además de repetir mi nombre. Yo continuaba caminando, sin dirección en aquel laberinto sin paredes ni esquinas, aferrado en cuerpo y alma al collar de una oveja.

—¡Marcial! ¡Marcial! —escuché a mucha distancia de donde me encontraba, antes de que comenzaran a sonar los disparos. No sabría precisar cuántos fueron, pero oí muchas descargas.

A cada tiro, mi cuerpo entero experimentaba una sacudida, que me obligaba a cerrar con fuerza los ojos y aligerar el paso. Oí varias detonaciones; algunas de ellas tan cercanas, que creí que me habían alcanzado. Luego, dejé de escuchar las desesperadas llamadas del ogro y, también, el perverso silbido de las armas de fuego. Solo el balido del rebaño y mis pasos sobre la hierba rompían la quietud que ofrecía el paraje. Hui del lugar del tiroteo con el corazón en la garganta.

Quizá fue el nerviosismo que se había apoderado de mí, o las prisas por abandonar el tenebroso lugar, lo que me hizo bajar la guardia y tropezar con una rama que había en el camino. Lo peor no fue la caída, sino que, tendido en el suelo, perdí el contacto con el animal que me servía de guía. Ahora, sin saber hacia dónde dirigía mis pasos, corría el peligro de toparme con la pareja de la Guardia Civil. Decidí buscar un recodo y acurrucarme en él hasta que todo quedase despejado.

Entonces, volvió a ocurrir algo extraordinario. Delante de mí, aparecieron las figuras de humo y luz de los once fusilados, claramente delimitadas dentro del banco de niebla. Aunque estaban de espaldas, los reconocí: eran ellos. Avanzaban unos metros por delante de mí, abriéndose paso entre el espesor de la densa fosca. Me resultó extraña su presencia, pues nunca los había visto fuera del barranco de Castro. Tomaron dirección oeste, y yo corrí tras ellos con la intención de alcanzarlos. Cerraba el grupo el maestro que, debido a la cojera, avanzaba más lento. Pero por mucho que me esforzaba, por mucho que aligeraba el paso, aun con el peligro de volver a caer al suelo, no lograba alcanzarlos. Corría y corría, viéndoles solo la espalda. Sentía angustia solo con pensar en perder su rastro.

Evité gritar sus nombres y rogar que me esperasen, por temor a que el cabo y el del bigote detectaran mi posición. No recuerdo si llegué a chistarles.

Anduve en silencio más de veinte minutos tras ellos, buceando en el interior de la interminable masa gaseosa. Durante ese tiempo, llegué a pensar que, quizá, me habían alcanzado con un disparo y me encontraba muerto, correteando por las nubes del cielo. Estaría tan muerto como Alberto, Pepe Alba y los demás. Esa sería la razón de reencontrarme con los once difuntos del barranco de Castro.

Pero en un momento dado, cuando menos lo esperaba, el grupo se detuvo. Antes de llegar a ellos, yo también lo hice. Los fusilados se dividieron en dos filas, abriéndose y dejando un pasillo en el centro. Con gestos, me invitaron a adentrarme en él. Sin saber muy bien lo que tramaban, accedí a pasar por el corredor que habían formado. Se mostraban sonrientes y hasta diría que, a mi paso, sentí alguna palmada de ánimo en la espalda. Estaban todos, risueños, con las heridas del fusilamiento frescas, tal y como los había tratado durante tantas noches. Un poco expectante, llegué al final. Entonces, cuando me volví para saludarlos, ya no estaban. El grupo había desaparecido. Tampoco quedaba rastro del colosal banco de niebla; era como si nunca hubiera existido. Sin una explicación acorde con lo sucedido, tal y como había penetrado en el tenebroso lugar, logré salir de él. Fue como atravesar un muro esponjoso con el cuerpo. De repente, me encontré bajo un espléndido sol, junto a la totalidad del rebaño. Al ver a las ovejas a mi lado, deseché la disparatada idea de estar muerto tras haber sido alcanzado por los disparos de la Benemérita: aquello no podía ser el cielo, pues Dios nunca aceptaría la presencia de animales en su reino.

Sin la ayuda de los espectros, jamás podría haber logrado escapar del extraño fenómeno atmosférico que nos engulló. No cabe duda que, sin su guía, no habría tardado en gozar de la misma suerte que, ya en ese momento presentía, había tenido el alcalde de Arriaga. Si el día anterior fue Elisa, el ángel rubio, quien salvó mi vida, ahora lo habían hecho los seres que estuvieron habitando mi mapa de América del Sur.

Enseguida reconocí el paraje en el que me encontraba: el Blanco de los Ingleses. El ogro había escondido el dinero allí, pero ¿dónde? Para su desgracia, ya nunca podría indicar el punto exacto en que lo hizo; y el territorio que se extendía frente a mí era inmenso.

Poco tiempo después, al paso por un pueblo en el camino a Bermeo, se confirmó lo que en ese momento temí. El alcalde depuesto de Arriaga había sido abatido por los disparos de la Guardia Civil, durante un enfrentamiento armado en el bosque. En el choque, también resultó herido de extrema gravedad Serafín Cabrales, el cabo de la Benemérita destinado en Barreiro, que falleció a las pocas horas. Asimismo supe que a lo largo de una mañana exhibieron el cuerpo del fugitivo en la plaza. Lo expusieron tendido en un serón, como veinte años antes ocurriera con los despojos del Kurchú. Un grupo de beatas de su pueblo se desplazó hasta allí en autocar con la única intención de orinar sobre el cadáver del que fuera su regidor durante los años que había durado la República. Luego, cuando se confirmó que el dinero del Ayuntamiento no había aparecido y cundió la sospecha de que, antes de morir, lo había enterrado en un punto indeterminado del valle, cientos de familias salieron a los campos provistas de pico y palas en busca del tesoro.

Con los rayos de sol estrellándose en mi cara, empezaba a ser consciente de la situación. Una vez más, me encontraba solo. Sin el pago del pasaje, esos piratas holandeses no me permitirían subir a *El Tulipán*. Por otro lado, la Guardia Civil había oído con nitidez mi nombre durante la reyerta. Ahora sabían quién era el cómplice del alcalde de Arriaga, del hombre que había malherido al cabo de la Benemérita. En esas circunstancias, sabiendo que en España se había levantado la veda para ejercitar la represalia y la venganza, regresar a Barreiro hubiese sido como introducirme en un ataúd a esperar la muerte.

Estaba desconcertado, no sabía cómo actuar, cuando palpé el contenido del zurrón que cruzaba mi pecho. ¡Los once pedruscos de oro! ¿Cómo lo había olvidado? El nerviosismo causado por los terribles sucesos me había hecho olvidar que era el hombre más rico de la comarca, más acaudalado aún que don Eugenio Olivares.

Sin tiempo que perder, descolgué el saco de mi hombro y miré en su interior. ¡Dios mío! Quedé estupefacto cuando metí la mano y registré el contenido. Durante segundos, la sangre dejó de circular por mis venas: allí, no había oro, solo había piedras.

Volví a mirar, por si el fulgor del sol había trastornado mi vista, pero solo sirvió para confirmar mi desgracia. Angustiado, vertí el contenido del bolso sobre el suelo, lo esparcí y conté once piedras vivas. Eso sí, del tamaño de una nuez. Caí de rodillas a la tierra. Me había comportado como un idiota. «Solo ha podido ser ese cabrón —me dije, pensando en el ogro y ofuscado por el dolor— quien, abusando de la confianza, me ha dado el cambiazo». «Seguro que me espió mientras las enterraba y reemplazó el oro por unos cascotes del mismo peso. Las bolas auténticas las portaba en su talego. Ahora están perdidas —lamenté—; en poder de la Guardia Civil». Estaba convencido de que cuando sepulté la bolsa, las bolas de oro estaban allí. Nadie me lo había dicho ni tampoco estaba loco. Yo mismo comprobé el contenido del zurrón la noche del incendio, a la luz que desprendía el árbol mágico.

¡Joder! La mala suerte se había aferrado con sus brazos a mí en los últimos días y no parecía dispuesta a aflojar. Después de robarme, mi compañero de huida había muerto y realizaba su viaje final cruzado sobre las posaderas de una mula; los espectros del barranco de Castro descansaban el sueño de los eternos en un aburrido cementerio, ya para siempre; Elisa paseaba del brazo del Chato lejos de mí, por las inmediaciones del Palacio de Cristal; la Nueva España de Franco me buscaba como si fuese un criminal; había perdido el anillo, mi talismán durante tanto tiempo, y como un imbécil me había dejado timar las once piedras de oro. Para colmo, el último barco que partía hacia América lo haría sin mí.

Estaba arrodillado sobre la hierba, con la mirada fija en los once guijarros que, tan pobres como yo, se esparcían sobre dos palmos de tierra. Las ovejas habían hecho un corro alrededor de mí y eran testigos de la desesperación que padecía. Nada me mantenía sujeto ya a este país, pero tampoco tenía posibilidad alguna de abandonarlo. De pronto, el rebaño comenzó a balar y balar, como si pretendiese señalarme algo. Levanté la vista, y con ojos llorosos miré con desgana en torno a mí. Nada llamó mi atención. Solo advertí un pequeño objeto brillante, lejos de donde me encontraba. No me sentía con fuerzas para desplazarme hasta allí. Estaba abatido. Los animales seguían balando sin respiro. Volví a levantar la mirada. En principio, no le concedí importancia al centelleo, pero después recordé la alianza de boda de Alberto que descubrí brillando entre los tormos y que tanta suerte y poder me facilitó.

Haciendo un esfuerzo, decidí ponerme en pie y acercarme a comprobar de qué se trataba. El rebaño completo me siguió.

Cuando llegué, vi que era cristal lo que reflejaba la luz del sol. Me agaché. Unas gafas con mucha graduación. Con ellas en la mano, sospeché que andaba cerca del lugar que buscaba y miré por los alrededores.

A un metro escaso de las lentes, el suelo parecía removido, como si alguien hubiese ocultado un tesoro bajo la tierra.

43

Un simple trozo de rama me ha hecho recordar hoy estos sucesos ocurridos durante mi adolescencia. Resulta curioso que regresen a mi memoria, sesenta años después y a decenas de miles de kilómetros del lugar donde acontecieron. A veces no soy capaz de mencionar lo que he desayunado por la mañana y, en cambio, he revivido esta historia con la misma pasión y exactitud que si hubiese sucedido ayer.

Como cada mañana, he salido a andar por las playas de Montevideo, ciudad en la que finalmente me instalé en la década de los cincuenta, tras un largo periplo por varios países de América del Sur. En ninguno de ellos encontré a Ojopirri. Durante años, he oído historias de emigrantes que nunca subieron al barco que debía trasladarlos al nuevo mundo; hombres llenos de ilusión que eran asesinados por maleantes en el puerto de La Coruña para robarles los cuatro duros que disponían para embarcar. También, las historias de otros españoles que, a las pocas semanas de pisar la tierra del lado opuesto del Atlántico, sucumbían víctimas de enfermedades desconocidas en Europa. Aunque lo busqué en muchos lugares, nadie supo darme una pista sobre mi antiguo mentor. Era un tipo listo, no creo que le sucediese ninguna de esas desgracias. Simplemente, nuestros caminos no volvieron a cruzarse nunca. Siempre he querido creer que fue eso lo que ocurrió.

Ahora que tengo tantos años, el doctor Trías está preocupado por mis niveles de colesterol. Me obliga a caminar a diario. *Fetén* siempre me acompaña durante el paseo. Este es un cocker spaniel. Una manía: a cada nuevo perro que ocupa la caseta de mi jardín le pongo de nombre *Fetén*, en memoria de aquel otro al que nos obligaron a ahorcar. A veces sueño que su espectro corretea por mis noches.

Jamás regresé a España. A lo largo de estos años, desde el día que embarqué en Bermeo, han sido miles las ocasiones en las que mi hermano ha aparecido en mi recuerdo. Nunca supe qué fue de él. Ni de Carmita. Ni tampoco del niño que germinó en su vientre.

De quien sí tuve noticias fue de Elisa Febrero. Apenas una semana después de su llegada a Madrid, aprovechando que Federico Olivares pasaría la jornada de trabajo en el ministerio, echó cuatro cosas a una pequeña maleta y subió en la estación de Atocha a un tren que se dirigía hacia el norte. Supe que logró cruzar los Pirineos y establecerse, para siempre, en París. Allí trabajó, y con cierto éxito, en el mundo de la alta costura. Desde entonces he pensado que quizá fuera el siniestro sonido de los dos disparos, con los que el miserable del Chato intentó matarme en el cerro, lo que logró despertarla del letargo en el que vivía inmersa. Tengo el convencimiento de que, en uno de los bolsillos del maletín con el que salió de España, Elisa llevaba guardado el anillo grabado con su nombre; el mismo que, durante todo aquel maravilloso tiempo, siempre llevé colocado en mi dedo corazón.

Pues bien, acababa de amanecer y caminaba con el chubasquero sobre la arena, cuando una suave ola ha salido del Atlántico para lamer mis botas. He descubierto que, al retirarse, ha depositado un regalo junto a mis pies. Se trata de este pequeño trozo de rama. A pesar de la capa de musgo que la envuelve, sé que es de madera de cedro y que lleva tallada a navaja la palabra AMÉRICA. Estoy convencido de que se trata del mismo leño que un día dejé flotar arroyo abajo. Como un boomerang que lanzara con brío en mi adolescencia, ahora regresa a mis viejas manos. Lo que sujeto entre mis dedos no es más que esa parte mítica de la infancia que se resiste a abandonarnos durante la madurez. Resulta sorprendente que, sesenta años después de que quedara carbonizado, aquel árbol escarlata que irradió magia en mi mundo continúe asombrándome.

La Fea Burguesía
— EDICIONES —

Este libro, *El último barco a América,*
se acabó de imprimir en marzo de 2025

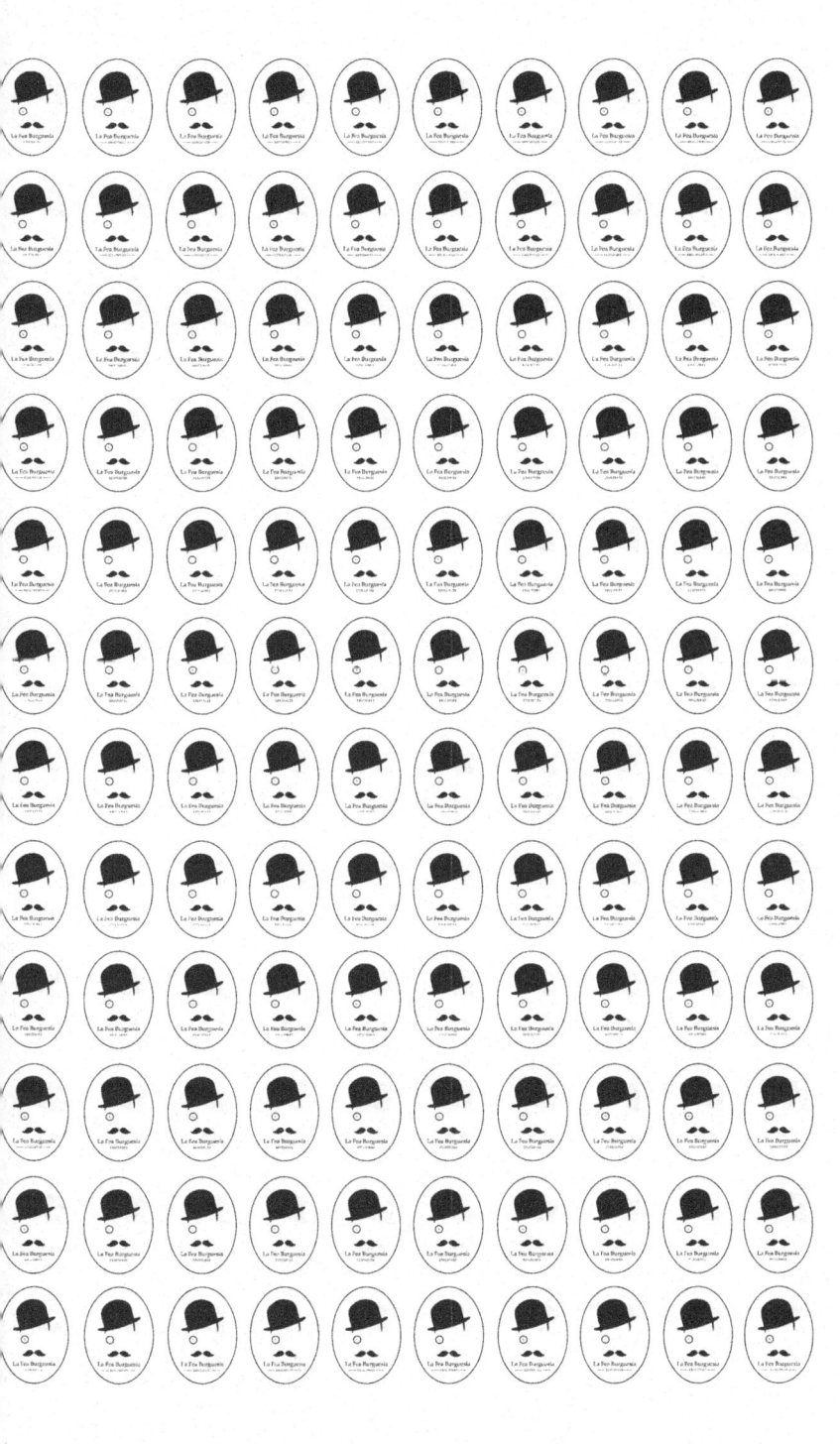

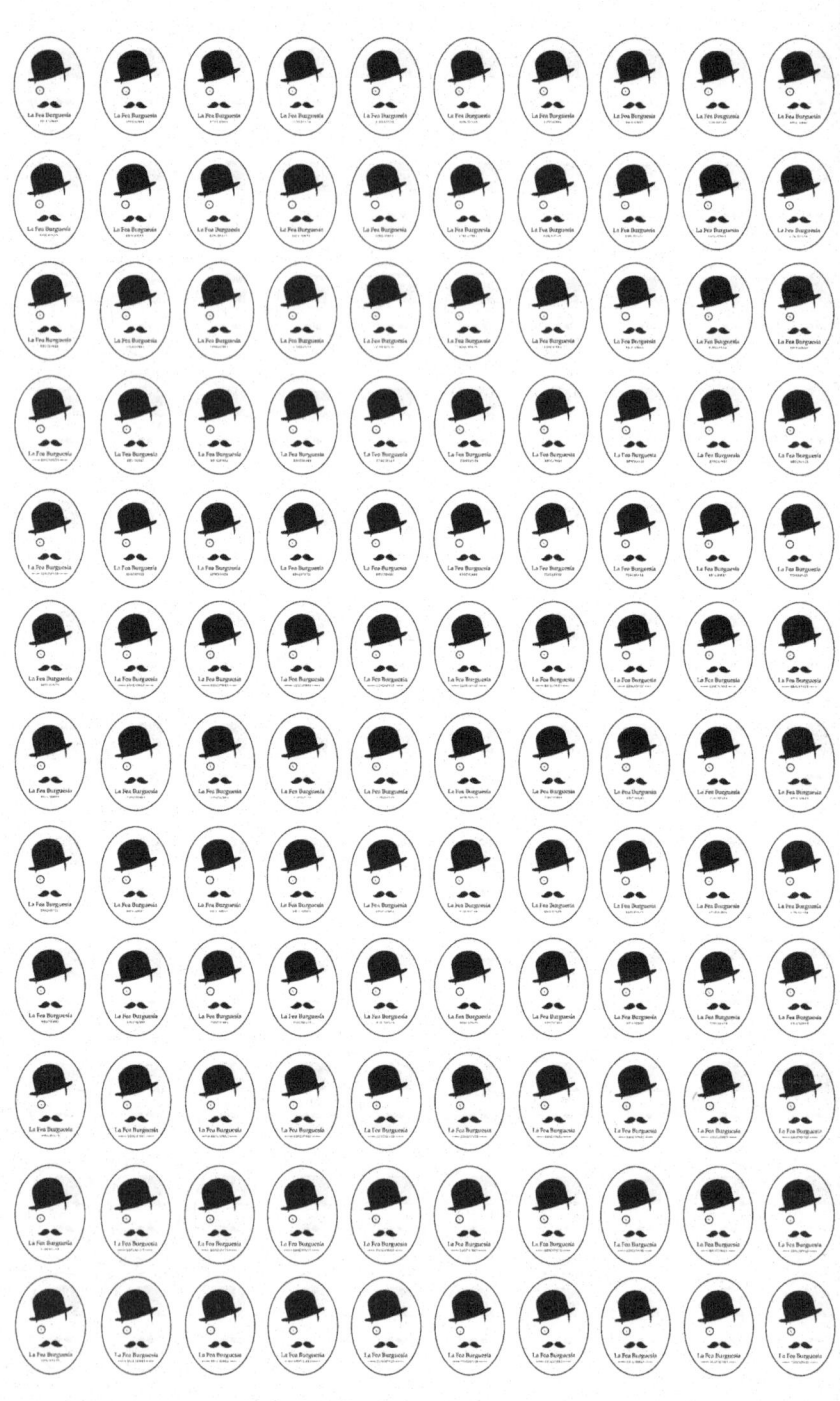